U0685037

给心灵一个假期

GEI XINLING YIGE JIAQI

余显斌 著

江西教育出版社
JIANGXI EDUCATION PUBLISHING HOUSE

图书在版编目（ＣＩＰ）数据

给心灵一个假期 / 余显斌著. -- 南昌 ： 江西教育
出版社，2015.7（2019.7 重印）
　　（悦读文库）
　　ISBN 978-7-5392-8206-0

　Ⅰ．①给… Ⅱ．①余… Ⅲ．①散文集－中国－当代
Ⅳ．①I267

中国版本图书馆CIP数据核字(2015)第165201号

悦读文库
给心灵一个假期
GEI XINLING YIGE JIAQI
余显斌/著

江西教育出版社出版
（南昌市抚河北路291号 邮编：330008）
各地新华书店经销
日照教科印刷有限公司
710毫米×1000毫米　16开本　13印张　字数165千字
2015年8月第1版　2019年7月第2次印刷　印数10000 册
ISBN 978-7-5392-8206-0
定价：26.00 元

赣教版图书如有印制质量问题，请向我社调换　电话：0791-86710427
投稿邮箱：JXJYCBS@163.com　来稿电话：0791-86705643
网址：http://www.jxeph.com

赣版权登字-02-2015-404

目　录

2

第一辑

感谢一片阳光

一条水，流淌一段风韵

北方粗犷，江南细致；北方雄浑，江南清秀；北方古朴，江南典雅。这，仿佛已成定论，但也有例外。

这个例外，就是曲水亭街。

曲水亭街，在泉城，属历下区。

一走进小街，游人的声音就变小了，脚步就放轻了，眼睛，也小心翼翼地左右望着。一种清秀、典雅的氛围，扑面而来，缭绕心间，挥之不去。

一条水，缓缓地流着，流得净白，流得柔细，流得曲折有致。它绝不同于北方的河。北方的河，总流得跌宕，流得哗哗有声，从高处落下，带着一路响声，如金戈交鸣，铁甲震动。

这条水却非这样。它汪汪一脉，如十八岁女孩的眼眸；它波光闪闪，如温情女子的微笑；它曲折多变，如女孩腰间的缎带。

水，由泉水汇集而成，一处名曰珍珠泉，另一处则不知名，合二为一，就是一条河，一条文化的河，一条古典的河，一条温情脉脉的河。

河底，长长的水草随水漂摇，如丝带，如绸帛，如一段裁剪不断的春梦，齐匝匝地铺在河底。街道、水边都洁净如洗，没有污渍，也没有垃圾。因此，水草绿得清新，绿得洁净，绿得清心明目。

做一条这儿的水草，是一种福分，一种奢望。

这条水，名曲水河。

郦道元在他著名的《水经注》里谈到这儿，曾津津乐道："历祠下泉源竞发，北流经历城东又北，引水为流杯池，州僚宾宴公私多萃其上"。这说的就是著名的流觞曲水。每年三月三，一群士子，长衣博衫，衣带飘飘，坐在水边，用木托盘载一杯酒，置于水上，顺水漂流。盘到何处，水边之人随手拿来，一饮而尽，歌赋吟诗，作为韵事。古人，把生活过成了诗歌；我们，把生活过成了负担。

曲水亭街，大概还保留着这段历史风韵吧。

曲水的河水，大概也沉淀着这段往事吧。

因为，水边是一条街道，古典雅致，犹如古诗词一样，这边一座房，那边一个馆，都是黑漆木板的牌匾，朴拙庄重的字体。茶馆酒楼不用说，就是时尚的鲜汁店，也是如此，显得雅致，显得苍古，如小杜的绝句，又如李清照的小令。

想想，这儿，李清照可能来折过柳，辛弃疾可能来饮过酒。水边的石凳，他们可能曾经坐过。让人一念及此，一颗心不由得回到遥远的宋代。

曲水岸边极不规则，时宽时窄，时曲时直。两岸粗柳，"依旧烟笼十里堤"，大概是诗词浸润过吧，一枝一叶，平平仄仄，仿佛都押着韵脚。树下，时时看见躺椅，还有竹几，上放瓷壶茶杯，有老人躺在椅上，悠闲地品着茶。

水到一池边，流速极缓，水平如镜。一群人坐在水边，持着钓竿，钓着鱼，也钓着一份清闲。

水，有时沿街走，有时竟也穿街过院，进洞钻墙，一路流去。这时，顺水极目望去，有月亮门，一派古雅，水流缓缓而去，犹如流入月亮里。水的两边，楼栏相对，或紫藤，或吊兰，垂垂相生，一片绿幔扯下，将水映得一片翠色。

月亮门深处，有笑声传来，清亮亮的，是女孩的笑声。可惜，只有声音，却不见人影。

游曲水亭街，宜于雨中漫步。在细雨里，打着一把伞走着，自己就成了一个书生。而水在旁边，低眉顺目，款款流淌，就如那个结着丁香一样愁怨的女子，浪漫而迷蒙。

游曲水亭街，宜于在三月的黄昏闲步。曲水缓慢流着，带着绿得醉人的影子，仿佛春帷不揭的女子。游人，则如骑着马嗒嗒走过石板小巷的士子。

可惜，我来时，不是雨天，也不是黄昏，可我仍倾倒于这儿的街道，这儿的流水，以及这儿飘摇的绿了。

那么，走时，就让我也如那些读书人一样，怀揣一段剪不断的离愁吧。轻轻挥一挥衣袖，挥别这古诗词一样的小街，悄悄离开。因为，我不是归人，而是一个过客。

最忆是小镇

一

镇很小，被四山围着。山有近有远：近的就在镇后，危峰兀立，巉崖陡起，如牛奔跑，如虎搏人，触目惊心；远的，则躲在视线的尽头，仅有一线，纤眉一样皱起。纤眉深处，有炊烟一缕两缕淡淡升起，在远远的晴空下划出一撇，大写意一般。

当然，不时地，会有鸡鸣声隐约传来，长长地飘荡在山林深处，暗示着山林深处藏着几户人家。

山上的寺庙很多，点缀在近处远处的山上，有的一宇独立，飞檐翘

起，犹如一鹤；有的三间五间簇拥着，自成一个群落，古朴庄重。一早一晚，会有一杵一杵钟声传来，荡漾在小镇的上空，催促着小镇人早起或者休息。间或，也有和尚下山化缘，见了人双手合十，念一声"阿弥陀佛"；到了日暮黄昏，衲衣飘飘，回山而去。远远地，站在镇街上，能看到僧人的身影，在落日的余晖里，沿着弯曲的石阶一步步上去，一直走成一个黑点。

小镇的天，也就慢慢黑了下来。

小镇，也就淹没在万家灯火中。

二

小镇人来自江南，这是他们说的。他们说，那年，朱洪武坐了龙庭后，打败了张士诚，张士诚的部下就被流放到这边。这些人来到这儿，看见天这么蓝，好像青花瓷一样；看见水这么清，好像碧琉璃一样，很有点微型江南的意味。于是，一屁股窝下来就不走了。久而久之，就成了一个镇。又由于小镇处在一川薄土上，随水弯曲，就叫漫川。

这是传说，待考。

但是，这儿的居民有江南人的韵味，却是真的。

这儿的女人，一个个长眉细目，那皮肤犹如樱桃，一弹就破；性格则如水，笑的时候，不像别的地方女人咯咯嘎嘎的，母鸡下蛋一般，她们笑时，只用牙咬着唇，脸上一对酒窝一绽，如开冻后的一汪春水，就把人心融化了，长出一片嫩草，长出一个姹紫嫣红的春天。

至于说话，爱用儿化，尾音长而柔，如一丝七彩花线，袅袅一缕，"你是哪儿的"，"你看柳条儿"，诸如此类。待到有人回头看，忙抿了嘴，脸上飞出两抹红晕，转身走了，一直走进深深的小巷。高跟鞋声在空静的小巷里一声声回应，逐渐远去，最终没有了。

只有小巷在粉墙两边延伸，只有阳光在小巷里跳跃。间或，传来木门

"吱呀"一声打开的声音，随即又关了。

小镇女子也笑也叫。几个同伴下了镇河，浣洗衣服时，会叽叽喳喳的，不知说着什么。突然，疯笑起来，你浇我一捧水，我浇你一捧水。看到有人经过，忙停止了打闹，低着头洗起衣服来，睫毛长长地拖下去遮盖着眼睑。

一时，镇河静静地流淌着，如一匹缎子滑向那边山的拐弯处。

小镇男人则有隐士味，什么时候见了，都背着手，不慌不忙地走着，有种闲庭信步的样子。

这儿的男人特爱养花，什么胭脂梅、醉海棠，弄上一盆两盆，到了夏日黄昏，搬张躺椅躺在门外廊前，面前放着两盆花儿。有人来了，赞上一口好花，主人乐得满脸阳光，心满意足，哼着歌儿如拾了一个金元宝似的，递上烟，倒上茶。如果没人赞，心里怏怏的，好像缺失点儿什么。

养花之外的嗜好，就是讲究吃喝。

小镇男人吃喝上的讲究，不是一般，而是简直达到了一种极致。他们不挑食，但饭必做精，菜必做细。吃饭时，即使是糊汤，也一定要四个以上的菜，用瓷盘盛着，红白黄绿，放在桌上。桌子一定要放在廊前。然后，男人抄把竹椅，坐在桌前，喊声："酒啊，没酒咋吃饭啊？"

小镇女人马上会拿来一把瓷壶，还有酒杯。

小镇男人吃着，喝着，凉凉的小风吹着，那日子像什么，像"欢言酌春酒，摘我园中蔬"中的诗境，像陶渊明的归园田居。当然，女人也会陪两杯，苞谷酒劲儿大，两杯，女人的眼睛就蒙蒙地起一层氤氲的雾气，醺醺的。

小镇女人的温柔，让外地男人见了万分怜惜。

小镇男人们的日子，让外地男人见了分外眼红，妒忌。

三

小镇多水。五条水，都清清白白地流着，一早一晚，映着日光和月光，就有了灵气，有了诗意，有了风情万种的女人味儿。小镇的水边，大多植柳，也有杨树，但柳树居多。一到春季，柳条就吐芽了，就柔软了，一条条垂下来，一直垂到水面，和水里绿色的影儿连起来，就如一根根绿色的丝带。一河两岸都是如此。因此，一条水就是绿的，如一片绿色的梦，如一片绿色透明的爱情。

柳影里，有女孩提着竹篮下河洗菜，或者浣衣，红衫子白衫子，映衬着绿绿的水面，也映衬着青花瓷的天空，一切，此时都变得活泛了。

因为水多，所以，小镇的桥也随之变多。这儿的水泥桥、木板桥，还有石板桥，随处可见，架在清凌凌的河水上，贯通两岸。

水泥桥多成半月形，和水中的半轮影子一起，恰成一轮满月。水穿过桥洞，就像从月亮里流出。几只鹅扑棱着翅膀，从桥洞嘎嘎嘎地穿过，划动着脚下的清水，也划动着一朵朵白云的影子。桥旁有碑，碑上有铭文，或记桥名，或载造桥时间，也有的镌刻着捐款造桥人的名字。

这儿的很多小桥都是民间集资建造的。镇子东头古树下有小小一桥，桥洞呈六角形，美而精致，一直牵连着镇街和上山寺庙的石阶。这是其中的一座。

至于木桥，小镇人偏不让它直直地穿过水面，好像那样太过呆板似的。于是，水面上，一座座木桥，弯曲折绕，穿过河面，乍看之下，犹如玉带横腰，薄巾束衣。人走上去，悠悠忽忽，脚下是云朵，是蓝天，很有些人行云端的感觉。

在小镇期间，每到春季，稍有空闲，我会一身单衣，踏过木桥去看杏花。镇街出去就有一座木桥，木桥那边，白墙黛瓦的侧旁有一棵杏树，一到春来，花事十分繁盛。那家有个女孩，时时出来涤菜，见我看花，盈盈一笑走了。

离开小镇已经五年，那树杏花年来花事如何？那个女孩是否还记得当年的看花人？时时记起。

一切都是缘分：和小镇是这样，和小镇人也是这样。

四

行走小镇，宜春宜冬，宜雨宜晴。

春天里，尤其是杏花细雨天，撑一把伞，一个人静静地走着。石子小巷，戏楼古寺，都掩映在风片雨丝中，如同大写意一般。有时，在巷子的拐角处，突然传来一声二胡的咿呀声。转过去，古老的戏楼，飞檐翘角，栏杆横斜，让人一时如同置身唐诗宋词里，真不知今生何世。

至于晴日里的小巷，清风如水，暖阳如酒，燕子来去，叽叽喳喳，寻找着旧时人家，谈论着小巷盛衰。小巷的两边，粉墙木门，曲折延伸，一直延伸到历史的尽头，延伸到岁月的尽头。粉墙的墙头上，时时会闪出一串花儿，明艳照眼；或是冒出一枝青翠，荫一片阴浓。

冬日雪天，去河边酒楼喝酒，最是写意。漫步而上，在二楼靠窗的地方找一座位，一个人，几盘菜，一壶酒，自斟自饮。醉眼蒙眬里，看外面一片白色苍茫，有桥一痕，蜿蜒水面。有人打伞在桥上走过，唱着山歌："哎——人在世间哟要修好啊，莫学南山一丛草，风一吹来二面倒——"歌声一径里向河的那边去了，摇曳一线，愈去愈远，最终没有了。

只有雪，仍在苍苍茫茫地下。

只有向晚的钟，在小镇上空一声声回荡。

结了酒钱，一个人跟跟跄跄走在小巷里，隔墙有笑声响起："好大的雪花儿啊！"声音脆脆的，嫩嫩的，带着惯有的儿化。

明天雪会化吧？

明天雪化后，你又得走了，得挥别小镇，挥别小镇的一切，走向远方。

那么，明年，随便选一个日子再来吧。那时，漫川依旧，杏花春雨依旧，戏楼山歌依旧，木门粉墙里的笑声也依旧。

一切，都不会老去。

海　魂

一

大海是什么样子的？

海，应当是浩荡的。它水天一接，浑无底止，映衬着云的影子，帆的翼翅，海鸥的雪羽，朝阳的闪闪粼光，以及晚霞迷人的红晕。

海，应当是豪迈的。

它波涛澎湃，"卷起千堆雪"，排空而来，怒吼而去。它应当将自己的豪壮，自己的奔放，自己剑拔弩张的壮士情英雄气，抒发得淋漓尽致。

海，应当是宽阔的。

它吸纳百川，浑无际涯，星辰日月，倒映其间。沉船，不能掀起一丝波纹；舰艇，只是犁开一痕涟漪。甚至，万吨巨轮，在它的上面，犹如一蚁踟蹰于千里草原，犹如一驼跋涉于无边瀚漠。

它，不停地运动着，不停地跳荡着，不停地推涌着，不停地接受着。

这，才是海的魂：不断追求，不停跋涉，从不止息。

这，才是一个民族的精神写照。

<h1 style="text-align:center">二</h1>

海，是一部书，永远在翰墨中动荡，在诗词中澎湃，在古人歌吟中气象万千，朝晖夕阴，让他们惊讶，让他们倾倒，让他们心向往之。

多少年前，一位幽燕老将，跃马横戈，纵横历史的硝烟中。这位绝世枭雄，面对天下，可以骄傲地道："天下英雄，唯使君与操耳！"可是，面对大海，面对洪波涌起的波浪，他不得不勒住战马，浩然长叹："日月之行，若出其中。星汉灿烂，若出其里。"英雄的胸襟再大，怎能抵过大海，怎能像大海那样包罗万象，怀拥日月？

英雄马蹄，嗒嗒而去，临别的长叹，流荡在大海上，陪白帆飘摇，随白云悠悠。

曹操离开四五百年后，唐代诗人杜审言走出宫廷，匹马南来，面对大海，面对海水的浑无际涯，面对波涛如白马素车，滚滚而来，呼啸而去，挥笔写下："乍将云岛极，还与星河次。上耸忽如飞，下临仍欲坠。"诗人笔下，大海波涛来去，吞吐岛屿，遮蔽日月，其势如雷，让人目为之眩，神为之摇——不愧为大家手笔。

随之，后世诗人，一个个把目光投向那方碧水蓝天。

孟浩然、白居易、马戴、苏轼，一个个宽衣博袖，或独立海边，或驾帆海上，或歌咏大海"海水无风时，波涛安悠悠"的平静与宁帖；或摹写海水"帆悬天际云"的渺无边际水天一接；或行舟海上，吟出海涛"昏见斗柄回，方知岁星改"的映日射天；或赞颂海上"云散月明谁点缀，天容海色本澄清"的清静明了，纤尘不染。

海，壮大了诗人们的胸怀。

海，开阔了文人们的视野。

海，抹平了离人们的忧愁。

海，抚慰了谪客们的伤痛。

因此，海永远在他们耳边回荡，在他们胸中澎湃，在他们枕上潮起潮落。因而，中国文化总是源远流长，不息如海；永远怒涛如雪，浩荡如海；永远大声喧嗒，激荡出岁月的最强音。

三

海，漂荡着翰墨；海，更笼罩着硝烟。海，倾倒着文人；海，更召唤着壮士。

海，曾迎来一位书生。在国破家亡时，他揭竿而起，面对大蒙古无敌天下的骑兵，面对横扫欧亚的弯刀，面对彪悍的草原苍鹰，面对无坚不摧的"上帝鞭子"，他以自己羸弱的身躯，昂然耸立在历史烟尘中，让蒙古健儿刀剑失色，号角喑哑，金鼓不振。

虽然，最终，他失败了，走向燕市，走向刑场，可伶仃洋的战舰，永远在历史中远航，从未沉没。他的身影，永远立地顶天。"人生自古谁无死，留取丹心照汗青"，已不再是他一人呐喊，而是一个民族的心声，是一批批铁血男儿的心声。

海，是节士的战场，更是英雄驰骋的地方。

戚家军的战舰，在几百年前的海上云集，桅杆如林，船帆如云，将士如松，镇宁波，战龙山，取岑港，下龙山所，前后八十余战。"一年三百六十日，多是横戈马上行"，不是横戈马上，而是横戈船上。不是戚将军一人，在外敌入侵时，是千百男儿，浴血海上。

大海，应当不朽，因为它见证了一场场战争，也见证了一群群男儿，是如何舍生忘死，慷慨赴难。

海忘不了辉煌，更忘不了耻辱。

海忘不了豪迈，更忘不了悲壮。

那是1894年，是中国史上最不堪回首的一年，是五千年文明最为岌岌可危的日子。大清王朝，如乐游原的一轮苍茫落日，冉冉坠下。列强如狼，虎视眈眈。大清最后一支主力舰队，在海上驶过，遭到蓄谋已久的卑劣偷袭。战火映天，硝烟蔽江，号炮声掀起无数冲天水柱。

在战火中，在死亡来临时，帝王，躲进皇宫；达官，胆战心惊。可是，一群将士，一群大清王朝的男儿，没有惊慌，更没有退缩，他们在死亡面前，用炮回答炮，用血回应血，用视死如归来蔑视敌人的无耻。

他们，最终失败了，但失败的是腐败政府，是落后制度。他们骨气耸立，人格高昂，忠魂永驻。

苍天可鉴，大海作证。

邓世昌、丁汝昌、黄建勋，他们的名字，历史不会忘记，大海不会忘记。他们，是海的丰碑，是海千年不移的岛屿，是海的忠魂。

四

我不能不来看海，虽然我是北方人。

我不能不来看海，因为，我听到了海的呼唤，听到了海的啸叫，听见海潮在我的灵魂深处掀起滚滚波涛，听见海在我的血管里波涛汹涌，排空而来，破空而去。

更何况，海上有人高吟"海上生明月，天涯共此时"；更何况有人在海上大呼："我立志杀敌报国，今死于海，义也，何求生为！"

我一时热泪盈眶。

我感到，如果不来看海，自己仿佛背负着一种债务，一种文化债，一种良心债，一种对于国家民族的兴衰无动于衷的债。

不来看海，我仿佛感觉到，自己是华夏一个不肖子孙。

看海，看海，看中国的大海，看中国碧蓝如天的大海，看那安葬着无数英雄尸体的大海，看那承载着炎黄子孙血泪和希望的大海。

我要来。

我要看帆船如织的大海。

我要看漂过战火硝烟的大海。

我要看和平宁静的大海。

我要看面朝东方容纳四方的大中国海。

因为，那是我们的海，是我们古诗词中一寸寸被描摹的大海，是海防将士忠魂永驻的大海，是祖先张帆撒网的大海。

五

八月的一天，我终于如愿以偿。

我看到了海，看到碧蓝的大海，虽仅仅是一片海，是大海微小的一部分，可是，我面对的，却是大中国的整个海，是我们祖先念念不忘血泪以争的海：万水同流，浩渺动荡，从无底止。

早晨的船只，成了海上一芥。我站在甲板上，默默地端详着海，亲近着海。

海，是我想象中的样子，是我梦中千百回出现的样子。它碧蓝一色，包容天地，浩渺无边，远与天齐。

放眼望去，朝阳从看不到尽头的天边冉冉升起，仿佛负载重物似的，很慢很慢。它圆如车盖，红如胭脂，把自己的光和色泽，一波一波，泼洒在海面上，一粼一粼的，泛着黑红色。氤氲的薄雾中，有船来往，或撩网，或起航，有长长的鸣笛声响起，在晨雾中凸显一个沉稳的轮廓。这些，都变成黑红色，慢慢清晰起来，再清晰起来，如张大千的画一样。

但是，它又不是我想象的样子。

清晨的大海，水面蓝汪汪的，薄薄的海风从天边吹来，细腻得如少女的体香，虚无缥缈，却又沁人心脾。大海，也就在这吹气如兰的熏风中，泛起绝细绝细的波纹，一丝一丝的，在我的心中打下一个个解不开的结。

太阳渐渐升高了，阳光干净如洗，一把把泼洒在天空，泼洒在水面上，也泼洒在我在身上。此时，我仿佛浑身都透明了，思想也纯净了，不由得想仰天高呼，让苍天大海都感受到我此刻轻松愉快的心情。

这，就是我们的海，中国的海，和平宁静的盛世大海！

这，就是华夏儿女依傍其侧，得以繁衍生息的大海。

日出而作，日落而息，一个民族在这儿绵延不绝，大海可以作证。

依海而歌，依海而爱，浩浩荡荡五千年，大海可以作证。

走进立夏

立夏一到，草木清新。这种新，不是嫩，是绿，清一色的绿：绿得净，绿得深，绿得毫无杂色。这种绿不是水洗的，不是雨露滋润的，是来自地心的绿，是发自生命本身的绿，是一种天然的勃勃的绿。

甚至，走进立夏，人，也一身青绿，一颗心，也变得青绿。

江南天空，有歌词说，是青花瓷色的。北方，立夏之后的天空，也是青花瓷，是一种醉人的蓝，是一种爱情一般纯洁的蓝。那种蓝，清脆，光滑，好像用手指一敲，还会发出青花瓷一般的"当当"声。

在这样的天底下，一切，都显得自然，青葱。

山，再也不是春天那样纤瘦了，而是一种丰盈，一种性感。如果说，春天的山是赵飞燕，凌波舞步，长带当风。那么，夏天的山就是一种"侍儿扶起娇无力，始是新承恩泽时"的媚、美了。

水，也不同于春天的水。春天的水，小猫咪一样，咪呜咪呜，低低地叫着，给人生命初始的微弱，婉转跌宕，藕断丝连。夏天的水，就豪放了，有种大手笔的气势，随意挥洒，一泻千里。春天的水，是小品文；夏天的水，是小说。春天的水，是白居易的绝句；夏天的水，是李白的古体诗。春天的水，是小写意；夏天的水，是泼墨画。

山映着水，水又蕴含着脆蓝色的天空。天青色的烟雨，此时，也不只是属于江南了，同样属于江北。

立夏一到，青蛙慢慢从土里钻出来，咯哇咯哇地叫，叫出一片山水田园的风味。每一只青蛙，都是一位田园诗人，每一声蛙鸣，都是一首绝句，有平仄，也有韵律。

初夏的傍晚，扛着锄头，经过田间小路，风慢悠悠地吹来，已经没了春天的清寒。一朵朵野菜花开在路边，对人含情脉脉地望着。初夏的野菜花，每一朵都包含着一段蕴藉的心事，以至于花蕾鼓鼓的，就是不说破——山里的花，含蓄，内向。

夕阳下，草木繁盛，翠色染衣，染眉，也染绿了一颗浮荡飘摇的心。

青蛙，在田野，在草丛，在河边叫着，一声一声地回应。田间小道上，遇见最多的是女人，还有孩子，提着篮子，采摘野菜。篮子里，装着青绿鹅黄的蒲公英，很好看的。蒲公英采摘洗净后，做成菜，用味精、清油和醋一烹，下饭喝酒，都很好吃。陶渊明说："欢言酌春酒，摘我园中蔬。"到了立夏，不一定要摘"园中蔬"，随意到路边河沿，一采一大篓，都是下酒的好菜。

夏天傍晚，炊烟升起，飘向蓝蓝的天空，显得格外清晰明了，好像淡墨笔在蓝天下画了斜斜一撇，经阳光一照，那一撇又显得柔柔的，恍如一条白色丝带。有唤归声，一声声从村头，或者树林中响起，一个个孩子回应着，走了回去，走进花木扶疏中，走入清新碧绿中，也走入一片温馨中。

古人说，立夏到来，"万物至此皆长大"：花儿长大了盛开，鸟儿长大了飞翔，树木长大了青葱。我们呢，我们长大了离开故乡，漂泊异地，只有在几声蛙鸣中，在花盆里盛开的几朵花儿中，去亲近立夏，去感受立夏。

"孟夏草木长，绕屋树扶疏。众鸟欣有托，吾亦爱吾庐"，那种生活，永远陪伴着立夏，陪伴着山水，陪伴着故园。在诗歌之中，在回忆之中，青葱美好。

我们站在立夏之外，形单影只，遥望故园，遥望日渐走近的立夏，遥望一路鲜花一路碧草一路鸟鸣的立夏，思念，也如青草疯长。

那么，就让我们遥望立夏吧。遥望，也聊胜于无。

乡下的鸟儿

和城里的鸟儿相比，乡下的鸟儿很丑，也很土。它们一般着装都很朴素，灰扑扑的，黑黝黝的，或者是黑白交杂，就像农人的衣服补了补丁。这让我看了很心酸。想起多年前，我的父亲穿一身缀满补丁的衣服，拉着同样穿着缀满补丁衣服的我，走在长长的乡野小路上，去要饭。那年，我才七岁。

现在日子好了，我们不需要这样了。可是，看到这些鸟儿，我仍替它

们难受，它们的日子好过吗？它们穿着一身缀满补丁的衣服，急匆匆地往前赶，是去干什么？是去乞讨，还是去干别的什么？乡下有句话，鸟为食亡。看来，终其一生，鸟儿在自己的那块田地里忙着，都在忙一口吃的。

民以食为天。同样的，鸟儿也以食为天。

它们在它们的那块田地里忙碌着，忧伤着，喜悦着，唱着山歌，谈着恋爱，日出而飞，日落而栖。这些乡下的鸟儿，总是踏着节气的点子，一步步走向田野，走向山村；从细雨中飞来，从炊烟中飞来，从花草繁茂中飞来，告诉我们一些农事的辛劳，还有生活的艰辛。

后悔鸟

这种鸟很难见到，因为它出现的时候，总是在月亮满山白的时候。至今，我都想象不出它的样子，就像想象不出我远逝的祖先的样子；想象不出我的一些不熟悉的亲戚是什么样的笑脸，抽什么样的烟，发出什么样的咳嗽声。

离开乡下太久了，久得我都忘记了很多不该忘记的东西，包括人，包括事，也包括乡下风俗和坐席的礼仪。好在，我还记得这种鸟儿。

娘说，它叫后悔鸟。

咋叫后悔鸟呢？

娘说，往年时，有一个后妈，她有两个儿子，大儿子是前娘生的，小儿子是亲生的，后妈很不喜欢大儿子。一天，她拿出两升芝麻，给大儿子一升，给小儿子一升，说你们都拿上坡去种，芝麻长出来了才回家。路上，大儿子心疼弟弟，把芝麻都拿着，撒种时，还给弟弟一升。结果，大儿子种的芝麻出满坡，绿油油的；小儿子种的那个坡却光秃秃的。大儿子回家了，小儿子却饿死在坡上。

我不懂，问娘，小儿子的芝麻为什么没出啊？

　　娘说，后妈给大儿子的芝麻是炒熟了的，小儿子的芝麻是生的，结果，中途一换，就换开了，大儿子拿了生的，小儿子拿了熟的。娘说，那后娘很伤心，也很后悔，就难受死了，变成了一只鸟儿，白天不好意思出来，晚上才出来，不停地叫："我儿种错——，我儿种错——"

　　我仔细地听，亮亮的月光照着山，山影半明半暗。在黑夜的暗影里，一只鸟儿在叫"我儿种错——，我儿种错——"，声音很单调，也很凄凉。所有的鸟儿都睡着了，只有它在叫着，一声又一声，从月亮白时叫起，一直叫到月亮落下。

　　娘说，到谷雨了，后悔鸟叫了呢。

　　我抬着头，望着天空的月亮，耳边听着那只鸟儿一声又一声地叫着。它要用一生来反悔一次错误，那么执着，又那么认真，就凭这，谷雨也应当早一天到来，早一天离开。

　　现下，谷雨已到，后悔鸟又开始叫了吧？乡下的老娘，我那七十多岁的老娘，望着满坡的月光，又在给谁讲这个故事呢？

　　在书中，甚至百度中，我查遍了这种鸟的学名，可是一直找不到。到现在，我也不知道它究竟叫什么，长什么样子。但是，我知道，书中，它绝不会叫后悔鸟。后悔鸟，是乡下农人们取的。现在城里的人，很少知道什么叫后悔，叫惭愧了，只有乡下，还存在着。

　　后悔鸟叫了，谷雨就到了。谷雨之后，就是清明，娘该采茶了。

麦黄鸟

　　五月一到，乡下的天空就亮了，就净了，被风吹的，被麦芒照的。这时，乡下的空气中，就会流荡着一种麦香，还有一种喜气。

　　麦黄鸟这时就来了。

　　它也应该来了，它一定想，我不来咋办？我不来，他们不知道麦子熟

了，他们不晓得麦子要割了，他们仍在那儿吸着烟聊着闲话，或者在外下着煤矿打着工，那可不耽误一季庄稼？它们一定觉得，它们有责任要来，有责任扯着破嗓门儿，村前村后地喊。

麦黄快——割——，麦黄快——割——。它们喊，它们沟里沟外喊，它们山坡林里喊。

果然，这一喊，乡下就忙起来了。

首先回来的，是外出务工的男人，回到村子，一脸的笑。别人问起原因，总是说，麦黄鸟叫了，再不回来，麦子就落粒了。

接着，女人们磨起了镰刀，咔嚓咔嚓，磨得如一弯亮亮的月牙儿，还用手指试试刀锋，凉凉的。

麦黄鸟仍在叫，在山坡上叫，在沟边树丛中叫，在树林中叫。尤其是闷热快要下雨的天里，麦黄鸟在雾沉沉的塬上叫，叫得人心火烧火燎的，叫得人满头大汗，镰刀挥舞得更快了。这时，有的女人会抬起头，嗔怪道："催，催，再催就累死人了。"

累死了也要叫啊。

一家家的麦子在麦黄鸟的催促声中放倒，捆好，挑进院子，盖上雨布。雷声适时而至，轰隆隆地响起来，雨也哗哗哗地泼下来，暑气慢慢退了，刚割过的麦地被雨水润得胀胀的。麦黄鸟的叫声缓了下来，在雨中仍隐隐透过一声两声。

端午刚过，麦黄鸟就叫起来。六月结束，麦子扬好，种子下地，麦黄鸟的叫声在田野里再也听不到了。乡下人说，麦黄鸟回去了。

麦黄鸟的家在哪儿呢？它们是在完成谁分下的任务吗？

这些鸟儿，嗓门儿很大，叫勤了男人，叫得连最懒的女人也坐不住，背着背篓下了地。一直，我都在猜想，这样大嗓门儿的鸟，个儿一定不小。一次，爹指给我看，鸟身并不大，比半个拳头还小，一身褐中带黄的羽毛。

那样叫，一定耗费体力吧？叫饿了，谁给它们吃的喝的啊？

麻　雀

麻雀是乡下最后的留守者。

在乡下，无论墙洞，无论房檐，哪儿都是麻雀的家。麻雀是一种很可怜的鸟儿，说是野鸟吧，却住在人家屋檐下；说是家雀吧，大家绝不答应：家雀？有鸡，有鹅，轮不到它。

总之，麻雀很低贱，被人排入苍蝇老鼠一流。

它们自己一点儿也没感到低贱，生活得悠闲而散漫。平日里，没事时，总是披着一身麻灰色的衣服，几只拢在一起，蹲在屋檐下的横杆上，或者是电线上，谈论着一些陈芝麻烂谷子的事。它们的语言细碎而干苍：叽叽，叽，叽——单调，无趣，缺少悠扬婉转之味。

它们大概也知道自己不起眼儿，人们不太爱听它们的声音，所以，声音不大，但是嘴忒多，叽地说一句，喳地应一声。它们爱群居，生活中没大的新闻，因而，喜欢讨论一些柴米油盐酱醋茶的小事。

它们从不进城，不像左邻右舍的八哥，或者其他鸟儿，进城之后，油腔滑调，字正腔圆，咬起普通话。

它们永远蹲在乡下，你一言我一语，像我乡下的奶奶，当年七十多了，让进城，直摇头，就爱拖着拐杖，走东家，串西家，闲聊着已经过去好多年的事。

它们说的永远都是方言。

麻雀存在，方言就会存在，乡村就少不了故事，无论走到哪儿，我们都能找到回家的路。

可是，小时候，我曾用弹弓打过麻雀，一个弹子飞上去，一只小麻雀落下来，闭着黄黄的眼睑，如一个麻线团扔在地上，我也拿着弹弓走了。

傍晚时，听到叽叽喳喳的叫声，出门去看，两只大麻雀一上一下地飞着，它们仍叽叽喳喳地叫着，围着那只小麻雀的尸体不走。奶奶说，小子，你作孽呢，哪个爹妈失去了儿，心里不难过啊？

奶奶能听懂麻雀的话呢。

那一刻，我低下了头，黄黄的夕阳下，拖着自己长长的影子，找了个纸盒把这只雀儿埋了。现在，那个小小的土堆早被青草淹没了。可是，我在心中给生命立了一座碑，一直没有倒下。

以后，我才知道，那干苍苦涩的声音，竟掩藏着那么悲伤的感情。那声音的震撼力，远远胜过了后来我在城里听到的鹦鹉和金丝雀的叫声。

老 鸹

老鸹站在树枝上，黑白相间，如一幅水墨画。有时，看到老鸹，我就想起爷，爷常常蹲在房檐前的台阶上，披着黑袄子，头上箍着白羊肚子手巾，手里捏着一根烟杆，吸一口，喷一口浓烟，咳嗽两声。

老鸹也咳嗽，声音和爷的一样，很干涩，哇——，哇——。

老鸹的叫声，在乡下的秋冬季节格外零落。这时，它的左邻右舍们都走了，搬到别处住去了，只有老鸹不走，老鸹如乡下的老年人，故土难离。它们怕离开，又害怕孤独冷清，于是它们就整天喊："哇——，哇——，哇——"叫得整个小村都成了它们的世界。

我和爷蹲在阶檐下，直直地看着老鸹。

乡下有个奇怪的习惯，认为老鸹叫不吉利，所以，见了之后，要对着它"呸呸"吐两口唾沫，这样，就把晦气吐没了。我吐了两口，唾沫星子下雨一样。爷抹抹脸说："胡咧咧哩，如果那样一吐，把晦气吐没了，那还要医生干啥？"

爷喜欢老鸹。

爷说，老鸹勤快，会种庄稼。

我瞪大眼睛，有些不信。可是不信不行。一次麦收后，见山坡上有些麦子，细瘦细瘦长成一撮，有几十根之多。爷说，这是老鸹种的，它们不懒哪。

我看着那一撮麦子，一时挠着脑袋，没有话说。

冬日里，爷放牛，爱卧在阳光下的草坡上，披一件老羊皮袄，眯着眼睛，晒着老太阳。山坡上很静，只有老鸹叫，哇哇的，翅膀在阳光下划出呼呼的声音，落在牛背上，一动不动地站着，间或头一点，啄一下。

爷说，那是在啄牛虱子吃，给牛挠痒痒。

果然，牛儿站在那儿一动不动。爷起身时，怕惊了这些老鸹，喊："老伙计，你们忙吧，别怕，我不惹你们。"爷说时，像是在和邻居王根他爷和根成叔他老爹说话一样。老鸹果然站在那儿忙着，铁铸一样一动不动。

有一天，午饭时不见爷回家，奶去找，爷在山坡上睡着了，铺一身阳光，再没醒来。山坡上，牛儿在静静地吃草，老鸹们在飞着，翅膀轻轻划过阳光。爷脸上漾着笑，黑袄子白羊肚子手巾，很像一只卧在树上的老鸹。

以后，每次看见老鸹，我就想到爷，想到爷的咳嗽声，想起爷的山歌，我就想吼一嗓子，像老鸹一样，给乡下山野增添一点生气，增添一点色彩。

倾听鸟鸣

前日偶翻日记，内有一首小诗，题曰《藏静室纪景》：

绿润空气净，鸟送啼声圆。

小屋静无人，清风掀竹帘。

藏静室是我在单位的住房，不大，宽九尺，长丈余，一面墙壁上嵌着个大窗，占半面墙的位置。拉开窗帘，天光云影，绿树青山，直涌眼底。坐在窗前，清风流水声伴着远处的歌声，让人身心一清，疲累尽去。

有时提笔想写写眼前景心中情，却又无啥可写，细想想也唯有绿树鸟声可堪一说。

树有两种，一种是白杨，一种是梧桐。

白杨三五棵或数十棵自成一簇，挤于门前一隅，有风也萧萧，无风也萧萧。有时坐在房内几席间读书，忽听窗外淅沥有声，朦胧中以为下雨，忙抬头，只见日影在墙，绿意姗姗，方知为白杨所骗矣。不觉讶然吟哦"白杨多悲风，萧萧愁杀人"，其实听着这声音是只有诗意，何愁之有？

另一种是梧桐，一排十余棵生长于门前场地上。十余棵十余种样子，绝不类同：有的如伞如盖，有的弯腰如扶锄老农，有的窈窕如十八九岁的妙龄女子——一棵棵极力地扭曲着身子，扭出一种韵律，一种倔强，一种生命的刚健，也十分可观。

一到春夏，小房就被绿树一围，整日里绿意朦胧，蒙蒙一片，扑面而来，拂之不去，即使坐在房内也能感受到那种绿意透过窗纱，沁入骨髓，让人身轻体健，耳聪目明。回顾房内绿影印上粉墙，屋内盈盈一片，如一湖春水，荡漾着无限生机。

有树，就有鸟声。

记得我刚搬入的那个夏天，一早刚醒来，就有鸟鸣从树林中溅出，滚入窗内，落在耳中，珠圆玉润，晶莹剔透。

"叽哩——叽哩——"

那声音像极了越剧中林黛玉的唱腔："哎，宝玉呀——"

"啾晰，啾晰。"一个尖声细气的嗓门在卖弄着风流，又如在回应一般，一定是宝二爷那小子了。

"嘎咕——嘎咕。"苍老而嘶哑，当然是老太太。

不一会儿，宝钗、凤姐、三姐、袭人——都出现了。这片树林竟成了大观园。嘿，不知什么时候"呆霸王"薛蟠也混了进来，听那声音"咯哇、咯哇"的，油腔滑调，全没正经。

坐在藏静室的绿雾中，盈耳是悦耳的鸟鸣，再燃一炷香，在袅袅烟气中披襟敞怀，凭窗读书，何其惬意！真得感谢这间蜗居。

我生性懒散，不喜欢交际，不善酬酢，尤怕向人胁肩媚笑低眉弯腰，今得这斗大一房于单位偏僻一角，无喧无哗，无笑无闹，真得其所处了！

得房之始，我即名房曰藏静室，意味无什么可藏，唯藏清静而已。且在房中书一横幅：读书、练字、写文章。现在一一检点，读书不就，练字不就，文章更写得一塌糊涂，真正愧对这间小房了。值得庆幸的是，我处于这小房中，日日看绿叶，听鸟鸣，听天籁之声，与自然对话，荣辱皆忘，坐在这精白的小屋中，也真可算是"一片冰心在玉壶"了。

披襟当风的滋味

披襟当风，是一种悠闲。

一天的工作结束了，拖一身疲累，回到家中，泡一杯茶，掇一张竹椅

斜躺着，拿一卷诗书，在阳台上细细地品读。

这时，夕阳如酒，天光如水，一片片的霞光浮上楼栏。

有风吹来，正是夏季，薄薄凉凉的风，一丝一丝的，把夏季的傍晚吹得一片清幽。既然是夏季，就可能有一点闷热吧，解开衣襟，凉风吹衣，披向两边，浑身的热气在刹那间消失得无影无踪。

蝉唱，是傍晚一道最美的风景。

风，时大时小，蝉唱，也时大时小，一会儿迅疾而来，灌满双耳；一会儿又消失下去了，如远去的潮头。人在如水一样的蝉声中，一身清凉，仿佛独自一人，漫步在深山绿林里，满眼沁绿，全身青葱。

惠风如酒，是古人的话吧，说尽了风的妙处。

初夏的风中，总夹带着花香，从山里来，从草原来，从河边来。各种青草的味，各种花香味，把风给酝酿得清鲜而葱嫩，轻轻地一呼一息间，满身心都是山水田园的味，是清风白云的味。

人在清风里，一身的疲劳，一身的愁闷，无限的心事，都抛向了风中，只有空空的身子，如透明的壳，没有一点沉重，没有一点污染，在夕阳下，能透出一丝丝的光晕。思绪，这时也化为一片羽毛，在夕阳下染成红色，凌空飞舞，上下翻飞，仿佛不着一点力气，也不受一点重负。

披襟当风，不只是一种悠闲，更是一种风度。

"微雨从东来，好风与之俱"，每一次读到这一句诗，我都会想象到陶渊明辞官归隐的生活。柴桑的风一定很软，柴桑的树一定太绿，柴桑的水一定明媚如少女的眸子，否则，怎么会吸引住诗人？怎么会诞生出那么美的诗？怎么能诞生出那么洁净的思想？天晴锄草，天雨读诗，在风中，有凉意如诗，把一颗心浮荡得洁白空灵，无一点灰尘。正因为这样的人，才能感受到这样的风；正因为能感受到这样的风的人，才能面对俸禄挥袖一笑，淡淡而去，远离官场，走入江湖，走入山野。

山野，是享受清风的最好的地方。

　　一天的劳动结束，扛一把锄头，向家里走去。此时，山风徐来，满山生凉，把上衣扣子解了，一身清爽。远处山野，有炊烟从风中升起，袅袅一线。在天底下画出若有若无的一痕，如在宣纸上轻轻画下一笔，炊烟升起的地方，有狗吠声，有女孩的笑声，长长短短地摇曳着。

　　当然，在江上，在月亮下，同好友几人，坐一只小船，吹一管竹箫，更是妙不可言。月光如水，水光如月，天地一色，了无一痕。这时，广袤的江水月光下，只有小船一叶，人两三粒，箫音一缕而已。对此清凉世界，人，只感到表里澄澈，心地如月。如果此时有风，会把江水吹拂出一丝一丝的波纹，会把月光吹出一丝一丝的波纹，也会把人的心吹出一丝一丝闲闲的波纹。那种波纹，也白亮亮的，稍稍一现，迅即消失，不留下一丝影子。

　　"清风徐来，水波不兴"，只有一颗毫无物累的心，才能在这样的风中，得出这样的佳句。

乡村鸟鸣

　　有句诗说，鸟鸣声是树的花朵。不知是谁的，听得人目光一亮，满心青绿，心里一时也亮起一片鸟鸣，带着绿色，带着花香，扯出一片乡村的雨雾。

　　鸟鸣，总少不了泥土的芳香。只有在乡村，鸟儿才叫得欢畅，叫得生动，叫得满山满谷充满生气。

　　最近，我回了一趟乡下。

　　乡下静得能让人听得到露珠的呢喃，能听得到最小的虫儿振翅的声

音。对于一个久在车声笑语中来往的人，对于一个过惯喧闹生活的人，那一刻，一个负重的身体，如突然解脱了无边的枷锁，那种舒心实在是难以言传的。

母亲陪着我说了一会儿话，收拾好房子，让我去睡。

我一个人躺在床上，床很大，被子散发出白天刚晒过的阳光的味道。我身体呈大字形躺着，窗户开着，凉凉的山风吹来，如薄凉的水在周身浮动。

在薄凉中，我沉沉睡去。

再醒来，耳畔是一声一声的鸟鸣。山里的鸟鸣，绝不是城里鸟笼中的鸟鸣那般干巴乏味，不见悦耳，只见得干苍枯燥。

乡下鸟儿野惯了，也自由惯了，它们随意吟唱，如早起的村人，互相寒暄着，打着招呼，一只叽哩叽哩叫，另一只一定会应和两声，但声音绝不一样，繁复多变。

"叽——，叽哩。"开始声音长，突然短促，不知哪个家伙、怎么叫的，曲折婉转。

"啾叽，啾叽。"另一只也张开嗓门，一点也不示弱。

当然，绝不止两只，是十几只，甚至几十只，上百只，那声音也各不相同，有曲折如笛的，有轻快如流水的，有娇嫩如花儿的，也有较为雄浑的。

我睡在床上，时钟指向八点。

我就睡在八点的鸟鸣声中，一颗心如一朵夏日的荷，在鸟鸣声中缓缓开放，缓缓地。我闭着眼，浮沉在鸟鸣声中，甚至我能看见我的心灵开放的样子，白的花瓣，舒缓地慢慢展开，里面有嫩黄的花蕊，有丝丝的荷香飘出来，让我的灵魂在一种清香中浮荡，舒展而轻松，洁白而轻盈。

我甚至可以嗅到心灵深处那缕荷香。

荷香中，还滚动着一颗颗露珠，晶莹，圆润，在花瓣上颤动着，润泽着，放射出丝丝光彩，七彩的。

这些露珠，当然是这早晨八点的鸟鸣。

听鸟鸣，听乡村早上八点的鸟鸣，心就如被露珠润泽的荷花，洁白，轻盈，纤尘不染。

听乡村早晨八点的鸟鸣，听心灵花开的声音。

采茶琐事

清明一过，茶芽如蚁。此时，也就到了采茶的时候。

采茶，说起来是一件上得画入得诗的事，可真的做起来，又蛮不是那样。一般人听说采茶，总以为是用手指甲捏着茶芽，轻轻一掐就完事。这是外行人的想象。我有一个诗人朋友，听说我那儿是茶乡，很是向往，说采茶可真幸福啊，站在茶林中，满眼绿油油的，一枚枚茶芽像有生命一样，等着你去抚摸和采摘，那种感觉，啧啧。说完，还连连咂嘴。

我听了，无言以对，诗人的想象总是那么美丽，如一块梦中的水晶，让人不忍心用现实把它砸破。

采茶是一件细致活，更是一件辛苦活。

采茶得起早，鸡叫三遍，天刚蒙蒙亮，就得起床，吃罢早饭，背起背篓就上了茶山。这时，晨光熹微，三月的山间寒气飘荡，浮在人身上还寒津津的。茶叶上，一颗颗露珠闪着寒光。人进入茶林，不到半个小时，身上精湿，冷得脸色煞白，牙关打战。

一般人听了会惊讶，咋不到露水干了再采啊？不行，要想茶叶青鲜，就得早晨，太阳出来后采的，阳光一晒就蔫了，没有了那种青鲜的

样子，谁要？

茶树一年一剪，不高，三尺左右。高了，只长枝子不长叶；低了，太伤茶树。人采茶，腰就得一直弯着，如个大虾米，脖子上挎着个篮子，来回采摘，不是一小时，是几天，甚至一个月。每天下来，腰酸腿痛，累得人直哼哼。外行采茶，一般一只手，那多慢；内行采茶，两只手，此起彼落，在叶间飞舞。白米大的茶芽，一天能采五六斤，容易吗？你拈白米，一天拈五六斤试试，就知道采茶是什么滋味了。

采茶还得赶速度，白米大的茶芽，采摘下来制成茶，就是城里人喜欢喝的毛尖。如果漏下不采，一天一夜，长成杏眼，好看倒是好看，就是没人要，成了废叶子。

前面说了，茶芽是不能用指甲掐下来的，这样的话，掐痕处变黑，制成茶叶，通体绿中透黄，可是掐痕处是黑的。这样，就败了茶色。

采茶人知道，喝茶人讲究着呢，色、香、味、形，一样不能少。

所以，采茶不掐，而是拽，两指捏住一枚茶芽，轻轻一拽就断了，放进茶篓。

妻子说，每年采茶，第一天下来，两个指肚疼得就挨不得。

前几天，看到一张采茶的照片，一个女孩一脸阳光，捏着枚茶芽，手做兰花指状，很好看。可惜，这是作秀，不是采茶。采茶人忙的，用家乡话说，像被机关枪赶着一样，谁有闲工夫摆那样个姿势？

采茶也不是采茶女的专项，茶乡也没有采茶女一说，大家有一个统一的名字——茶农。我觉得这个名字很好，贴切，乡土气重，也合乎他们的身份。

在家乡，一到采茶季节，男的女的老的少的都上坡，茶叶不等人啊。当然，也有例外，年纪太大的，或者眼睛不好的除外。所以，我父亲就解脱了采茶之苦，但是他也不能闲着，在家里给大家做饭。"农家无闲月"，哪个诗人说的？他一定是茶农出身。

说完采茶，不得不说说家乡人自制的茶篓。

由于双手采茶，又必须快，那么，装茶的竹篓就不能放在背后，而应挂在脖子前。竹篓不能大了，大了挡住了视线，一般也就量米的升子大，口稍微小点，底部略大，避免茶芽晃出来。茶篓一满，就拿到茶林边，倒进背篓中。

前天下雨时，我母亲打来电话，告诉我，连着采了三天茶，腰疼得很，今天下雨，正好歇歇。一时，我望着窗外，只感到雾蒙蒙一片。但是，母亲采茶的样子仍清晰在目，她弯着腰，脖子上挂着个竹篓，双手在茶林里采摘着。

母亲今年六十三了，算得上一个老茶农。

在音乐里远足

有的歌，适宜于在夜里听，如《白狐》。这时，窗外月光如水，灭了灯，一个人坐在房内，倚着窗子，看着皓月千山，洁净一片。

这时，《白狐》的旋律在耳边荡漾，婉约如一个女孩细碎的呢喃："我是一只修行千年的狐，千年修行，千年孤独——"陈瑞唱的，那种声音，缠绵得让人落泪。此时，最怕歌停。歌停了，一切就都不存在了，只有一地月光，只有一颗柔软的心，空落落的，无处着落。

眼前，老也挥之不去的，是一个柔弱女子，狐变的女子，在落泪，在脉脉回眸。自己，竟把自己想象成了聊斋中落难的书生。

听《白狐》，静夜真好！

而听腾格尔的歌，则适宜在劳累之后，或者在心灵负重和名利压迫中

难以解脱时。这时，选一个午后，坐在躺椅上，认认真真地听。

尤其是听腾格尔的《蒙古人》。

马头琴在午后的阳光下，泉水一样响起，但又不像山泉，像草原的地下突然冒出的一股，汩汩地流淌着，很宽阔很野性地流淌。

腾格尔的声音，就从草原的尽头飘来，从天边草际飘来。

是一个晴天，大草原上的晴天，空旷，无边，蓝得透明见底，蓝得如婴儿的眼睛。在别处，你永远见不到这样的天。蓝蓝的天空下，是无边的绿草，绿得清新明目，绿得醉人心魄，也干净得如蒙古女孩用纯洁的爱情擦洗过一样。碧草蓝天间，是一群群牛羊，一会儿跑上山凸，一会儿移到山洼，悠闲而自然。

草原深处，一个个蒙古包，如绿海上的水泡，洁白得很。一个个穿着各色衣服的蒙古女孩和蒙古小伙子，在阳光下跳舞，唱歌。

腾格尔的歌，可以作为背景音乐。

腾格尔音域宽广，浑厚，无论他站在哪儿，一嗓子就能把听歌的人带到那遥远的地方，那广阔无垠的草原上，让你的灵魂沿着那高远野性的歌儿一直游走，走向"天苍苍，野茫茫，风吹草低见牛羊"的地方，走向成吉思汗曾经放牧的地方，走向蒙古健儿歌声悠扬的地方。

"蓝蓝的天空，清清的湖水——"腾格尔以一曲高远而野性的《蒙古人》，在人们的心中勾画出了各自梦中的天堂，勾画出远离世俗的一块净土。

这支歌，在我的心里，产生极度震撼，曾有过两次。

第一次听《蒙古人》是在大学，一篇文章读罢，眨着酸涩的眼睛，这时，正是饭后，校园里播放着音乐："奔驰的骏马，洁白的羊群——"

我沉浸其中，一支歌罢，如淋了一场音乐雨，浑身透湿，好不畅快，抬头远望，夕阳在山，鸟儿归林，一颗心也在这会儿变得沉静起来，散漫起来。

　　再次听《蒙古人》是毕业之后，在单位工作。一次，为了评职的事，焦头烂额，回到家中，电视里播映一个演唱会，腾格尔的《蒙古人》在耳边再次响起："蓝蓝的天空，清清的湖水——"

　　腾格尔有着典型的蒙古人长相，胡须浓密长发披肩，野性而自然，一曲《蒙古人》从他的唇间流淌而出，到最后，真算是响遏行云、绕梁三日，始缓缓落下。

　　一时，我热泪盈眶。蒙古人，在草原上奔驰，蓝天下歌唱，多么自由散漫啊。为什么我们把生活过成了一种如此沉重的负担呢？

婉约的雨

　　乍暖还寒中，春天，还是来了。虽然，今年的春天姗姗来迟，如一个害羞的女孩，犹抱琵琶半遮面，只闻笑声不见人。

　　春天，一切都是新的，但是，最新的是雨。春天的雨，如恋人的眼泪，慢慢从眼睑上滑下，顺着光嫩的脸颊，一直滑到人的心中，滑到大地的骨子里，滑到鸟儿的鸣叫声中和草儿的绿色中。

　　撑着一把伞，在这样的雨中走着，一颗心也被雨浸润得饱满，鼓胀。

　　雨丝儿很柔，也很凉，它仿佛不是从天上落下的，而是从唐诗宋词中落下，仿佛是从箫孔中落下，仿佛在国画的翰墨中落下，从黄梅戏和越剧中落下，柔柔的，软软的，没有一点暴躁，没有一点火气。

水是阴柔的，雨，当然也是阴柔的。

但是，不同季节的雨，总是不一样的。夏雨如一位泼妇，电闪雷鸣，让人害怕。秋雨吧，又显得多愁善感，凄凄惨惨凄凄，如李清照后半生，一介孀妇，欲说还休，让人发愁。雪，太洁净，高贵如《红楼梦》中的妙玉，每一个生命，在她眼中都成了凡夫俗子。

只有春雨，十七八岁，天真而自由，如一个浑无忧愁的女孩。但是，她是古诗词孕育出来的，懂得含蓄，懂得内敛，所以，绝不是一个没有教养的疯丫头。

她声轻气缓，从不大声喧哗。尤其在夜里，卧在西窗下的床上，睡梦中，隐隐约约，会听到雨的呢喃，叽叽哝哝，轻吟短叹，在台阶下，在房檐前，轻轻地，如一个闺中少女在唱着相思的曲子："红豆生南国，春来发几枝。劝君多采撷，此物最相思。"一夜梦醒，推窗望去，山变朗润了；水变丰满了；树木，也泛出汪汪的水意；所有的花骨朵，都沾着露珠，对着人在微笑，羞羞涩涩的，半咬着唇，做尽媚态。

"随风潜入夜，润物细无声"，不是说别的，说的是一种有爱心的雨——春雨，在清风里，在深夜里，悄悄地落下来，把所有的生命洗得洁净，洗得纤尘俱无。

春雨，最具有女性美。

她有爱，有抚育万物之情。她眉眼汪汪，所过之处，每一个沉睡的生命，都会伸一个懒腰，打一个哈欠，焕发出一种生机。就连最懒的狗尾草也会萌芽，连最小的青苔也会开花，更别说虫儿、鸟儿和鱼儿了。

她娇羞，并且典雅。她从不大泼大倒，而是一丝一丝，细得不见影儿，怕引起你注意——她害羞呢。害羞的女孩往往这样，说话时，都把嘴对着同伴小声耳语，大声了，引来别人的目光，会脸红的。春雨也是如此。

她细腻。她知道，草芽如蚁，柳芽如眼，花蕾娇小如初生的婴儿，一切都禁不住大风大雨，所以，她轻轻地润，一寸一寸地浸，把每一个生命都滋润得生机勃勃，仰天高歌。

有一首歌唱："江南人留客不说话，自有小雨悄悄地下。黄昏雨似幕，清晨雨如纱，遮住林中路，打湿屋前花——"这说的，应该是春雨吧？若说的是春雨，江南塞北的雨都是一样的，都有着一样的感情，一样的轻柔，一样的典雅细腻，一样的风情万种。

春雨，下在北国，下在江南，下在中国每一寸土地上，淅淅沥沥的，如箫声在幽幽吹响。

神韵天然

罗兰说，有的人眸子如秋，有的人风神如秋。这个比喻新颖，我喜欢。

眸子如秋的，一定是恋爱中的少女了。那种眸子，水亮水亮的，弥漫着一汪柔情，一汪洁净。少女恋爱中的感情，寻不出一星渣滓，映射在眸子中，是无一处不美的。

明眸善睐，是写少女的眼睛，但更易于用来形容秋。

秋天，尤其是久雨初晴的秋天，一早起来，天光从东天边泻下来，润泽着一切，一切也都透出一种光，洁净如梦幻的光。那种光，真的，只有女孩的眼中，尤其是恋爱中女孩的眼中才能流露出来。

处于这种女孩眼光中的男孩，应是天下最幸福的男孩。同样的，处于

这样秋光下的人也应是天下身心最舒畅的人。

放眼远处，地平线上，一棵棵的树影，直立在那儿。上面，是清亮亮的光。这时，天光，如女孩的眼光；而那些树影，则如女孩的睫毛；你呢？你该是秋光的恋人了。

处于秋光之下的幸福，是一种宽敞的、自由的、明亮的幸福。

至于说到有人风神如秋，我以为应当是少妇。

少妇，尤其是中国的少妇，经过了春的灿烂，夏的热烈之后，渐趋于含蓄，含蓄如中国瓷器一般，由内向外透出一种洁净，一种诗意。

诗耐品咂，少妇耐看。

经常，在小城街上走，我会被一个个成熟的少妇的魅力吸引住目光。那长长的身子，那韵律和谐的身段，还有那高绾成一个发髻的头发，把青涩之后、张扬之后的成熟表现得恰到好处。

这，是女孩走向少妇后所独有的韵味。

秋也是经历了热闹，经历了灿烂，才走向成熟的。成熟之后的秋，一任天然，毫不做作。它知道自己的那一份内在美，知道那一种含蓄的样子，是怎样的触目惊心。所以，它不开花，也不大红大绿、花团锦簇，它就那样立在山下，或小溪旁，或小河边，扯一缕雾，扯出万种风情，千样姿态，让人陶醉。

有时，我在人群中偷看少妇们曼妙的身影，总会有少妇发现，回过头，淡淡一笑，笑出一副美丽。

毕竟，被人欣赏不是一件坏事。

秋，也会这样。在雾里，不时露一团红叶，对人一笑，一时醉透了天，醉透了地，醉透了看秋的人。

感谢一片阳光

天空很净，透过窗户望出去，蓝得无一星瑕疵，也无一丝云纱。阳光很好，透过窗玻璃，浮荡而入。

我用"浮荡"二字，是说，此时阳光如水，我成了水里的一粒浮萍。思想，随着阳光荡漾，没有边际，也没有底止。

最近几日很累，累得人灵魂出窍。

首先，是妻子生病，黄瘦如一茎牵牛花。我们一块儿到西安各大医院挂门诊，问情况，看脸色，心情十分焦急。接着，母亲生日来临，又得赶回老家。刚回家，有一个编辑又约了一个中篇小说。

不过，此时很好，我终于可以坐在窗下，独享这一片阳光。

妻子病好了，在灶房里炒菜，嘴里哼着歌，不知把什么倒入油锅，响起"欻啦欻啦"的声音。母亲生日过了，身体很健康。那篇中篇小说，也交了稿，据编辑说，很满意。

阳光如我的心情一样舒缓流洒进来，很亮，但绝不刺眼。因为是冬日，就显得有点羞羞涩涩，如一个多情的女孩，含蓄细腻，能让你体会到她的温馨与温柔。但是，这种美须得用心体会。

在冬日的中午，泡一杯茶，独坐在窗下，任一片洁净的阳光抚摸，是一种幸福。

外面，没有一丝风，阳光泛不起一丝涟漪。但我仍能感觉到，阳光如水，一波波涌进来，带着温馨，带着羞涩，带着幸福。

我慢慢闭上眼睛，任思绪流走。此时，我真希望自己就是一粒浮萍，阳光是一泓清水，我就浮荡在这一泓洁净的水波中，尽情地漫游，无拘无束地漂荡。

谁说浮萍是最渺小的生命？能够自由地生活，能够无拘无束地张扬自

己绿色的生命，应该是最伟大的生命啊。

　　一直，我羡慕浮萍，既有叶的绿，又能游走四方。在春天，是绿；到了冬天，依然碧绿如染：能一直这样，是因为它有一颗自由闲散的心。

　　玻璃上，响起"叮叮"声，我睁开眼，是一只小虫在向外面飞，被玻璃挡住了。这是一种小小的虫，微绿，半透明，翅膀扇起如一团薄雾。阳光透过玻璃，照着这个小生命，这一会儿，它不知要赶向哪儿，竟一点儿也没工夫享受这片阳光。

　　小小蝼蚁，何事奔忙？

　　我拉开玻璃，它走了，扇着一翅阳光，是去约会？是去参加什么聚会？或者是去上班？浮生一律各有各的生命，各有各不能理解的生命旅程。我为小虫奔忙而好笑，或许，小虫还为我的悠闲而诧异呢。

　　我看小虫是一粒微尘，其实，在宇宙中，我们每一个人不也是一粒微尘吗？

　　我们不也像小虫一样吗？日日奔忙着，跑来跑去，疲于奔命，为亲人，为朋友，也为了自己，几乎一刻没停：仿佛只有这样，我们才能向世界证明，我们是生命，活着的生命。

　　生命，就在于运动。

　　但是，我总想，有时，我们也应当歇息一下，放下手中的工作，如我这般，一杯茶，一把躺椅，坐在窗户下，让冬日的阳光如水一样浮荡而入，抚遍自己的身体，抚遍自己身体的每一个毛孔，也抚遍自己的灵魂。

　　此时，在阳光下，我只愿做一粒浮萍，绝不愿做一只忙碌的小虫。

　　能劳动，说明我们有价值。能在冬日里享受一片洁净的阳光，说明我们是有血有肉的生命，而不是机器。人与机器的区别，也就在此。

　　感谢这片洁净的阳光，让我懂得了，我是一个人。

又见柳色上衣来

农谚云：五九六九，河边看柳。看柳，当看柳的清新，柳的柔媚，柳的多情。

柳如美人，不浓妆艳抹，不忸怩作态，一任自然，如一小家碧玉，淳朴，含蓄。临流照水，依风梳妆，那份慵懒，那份娇弱无力，又如大家闺秀。尤其那种欲睡还醒，依依倚人的情态，更是倾倒了无数的文人词客、多情才子，让他们歌咏不已。这，实在是妖桃艳李难以比拟的。

究其实，柳，是中国五千年文明润染的女性形象的化身。

"莫道不消魂，帘卷西风，人比黄花瘦。"黄花再瘦，瘦得过细柳吗？可怜见的，纤纤一撇，一掐就断的样子，让人心痛。古人说李清照这一句词之所以出名，是塑造了一个古典女子的形象；可柳，本身就是一位古典的女子啊，是唐宋诗词沁润过的韵到骨子的女子，让人一见，俗气顿失，只感到精神如洗，骨健气清，书卷气充溢，仿佛脱胎换骨了一般。

看柳，实在是眼睛、精神以及文化的多重享受。

宫墙柳、灞桥柳、河边柳……一到春来，多情还依旧，醉倒了每一个具有汉文化情结的人，让他们面对细柳，感情变得那么细腻、丰富而又朦胧醉人起来，也让他们文思张扬起来。

故《诗经》中说"昔我往矣，杨柳依依。今我来思，雨雪霏霏"，画形画神，画出了柔柳无语依人恋恋不舍的情态。树犹如此，人何以堪？哪有游子不思故园、不想故国的呢？

韦庄在凭吊石头城时，登上高台，手扶台城柳由衷慨叹道："江雨霏霏江草齐，六朝如梦鸟空啼。无情最是台城柳，依旧烟笼十里堤。"岁月来去，潮打空城，繁华散尽，六朝烟消云散，时间已经淡远。变了的是时间，不变的只有柳，默默地坚守着自己的感情，陪伴着故国上空的

一轮冷月。

柳，其谐音之意，乃是留也。

多情长条，牵绊着即将远行的人。无论是劳劳亭下、筹笔驿边，还是乐游原上，柳，依然一株株一缕缕一丝丝，或鹅黄，或青绿，袅袅娜娜相思欲绝，引得每一个游子，无论在塞北还是江南，无论在海外还是孤岛，都魂牵梦绕，心系故园。

柳，永远是我们这些黄皮肤黑头发心中抹不去的情结，才下眉头，又上心头。当我们在外漂泊太长时间，已经忘记归乡的方向时；当我们在成功和荣誉中迷失自己，淡漠爱情时；当我们心灵干涸缺乏激情时，让我们到野外去看看柳吧。

柳依然在那儿，我们少年的河边等着我们，依然是当初的风韵：乍暖还寒时，它怯怯的弱不禁风；细雨霏霏时，它凝睇含泪若不胜愁；春日和煦时，它低眉敛目含情脉脉；和风习习时，它迎风举袂飘飘欲飞。

这就是柳啊，寻遍大江南北的故园柳，绿遍河沟湖海的中国柳。

感受那一片秋光

改完作业，备好第二天的课，窗外已是夕光如水的时候了。

我走出去，在软软的风中，一身轻松。夕光淡淡地照在身上，婉婉约约的，古诗词一样。我在这向晚的秋光中，沿着校园内的水泥路慢慢地走着。

早已放学了，学生回了家，教师也都走了。我一个人在校园里漫步，这一片空间在刹那间也仿佛都属于我了。这一刻，我也好像完全融入到这片薄薄的、透明的空气中，张开着每一个器官，充分地感受着校园的一份热闹后的宁静，紧张后的清闲。

空气中弥散着一丝香味，纯自然的，一丝一丝，完全是不经意地进入到我的嗅觉器官。待我聚精会神地去嗅时，又闻不到了。有些东西，是可遇而不可求的，就如一颗悠闲的心一样。

路一拐弯，在墙角处，几株桂花在那儿绿油油的，美丽着。香味，也就是从那儿发出的。

正是八月，桂花最红火的季节。但它一点也不张扬，夹在几棵杂树的后面，羞羞涩涩地开着，仿佛女孩的轻笑，生怕被别人看到，会责怪的。这一份含蓄蕴藉，这一份典雅婉约，是别的树木学不来的。

树叶间，花儿细细碎碎地开着，黄黄的，一点也不引人注目，不像牡丹，也不像玫瑰，这种花是一种经历了岁月的风刀霜剑洗礼后的花儿，自然，真纯，淡泊宁静。花儿，有时也是很通哲理的。在这一方面，人，有时反而不如花儿。

桂花树后就是花园，就是草坪。草，虽显出了苍老的颜色，可并没有枯黄，很绿，是一种风雨不惊的墨绿，一直绿到人的心中去了。

草坪上，这儿一簇月季，那儿一丛不知名的花儿，都骄傲地笑着。它们应该骄傲，它们有骄傲的资格。我认为，一切熬到秋天的花儿都有笑的资格。

草坪上竖着几个小木牌，上面写着一些话，是让学生爱护花草的，可并没有用号召的语言，而是很有感情地说出，如"你给花儿感情，花儿给你笑容""停住脚步，地下有绿""一朵花是一个笑容，一棵草是一个生命"。这些话说得很好，每次我经过这儿时，都要停下来，咀嚼着这些话，耳旁就会响起一片青青葱葱的声音，一直沁入到我的心里，都是花草的声音，青嫩青嫩的一片，让我的心在这一刻也变得格外柔软和细腻。

小时候，母亲经常对我说："一棵草就有一颗露水珠子。"话，虽说得朴实，可很有哲理，一直深深地印在我的心中。天地万物，都有生命，

爱惜生命，是做人的根本。感谢母亲教育了我，让我从小就知道敬畏生命；我更从心里欣慰，欣慰我所在的学校，能够从一草一木一花一叶的小事入手，对学生进行爱心教育。

大到一个世界，一个国家；小到一个学校，一个家庭，如果人人都知道爱，知道敬重生命，人间也就变得和谐、和平了，那么，无论哪儿此刻都如这校园一样，远离战争，远离痛苦。每一个人此刻也都能如我一样，慢慢地走着，慢慢地观赏着一种宁静，倾听着一种声音，一种平和、宁静、和谐的声音。

我慢慢地走着，感受着校园里祥和的气息。校园里很干净，没有纸屑，也没有棍棒。每一脚下去，都能感觉到鞋底着地的那一种软软的感受，特别舒服。

舒服，不是金钱能买到的，不是靠权力和刺刀能争夺得到的，它存在于一种环境中，一种氛围中，一种爱心的滋润中。

我走在舒服中，走在清闲与干净中，夕阳已接近山顶，把西天染成胭脂色，渐渐地淡了，再淡了，成了鹅青色，清亮得如少女的眼波，水汪汪的。

校园，也浸透在这亮亮的清光中，里面沁着梦一样的桂花香。我想，这，大概就是安闲、和谐的味道吧。

书香润心

游山，让人登高望远，游目骋怀：面对着云生云灭，鸟飞长天，胸襟顿时为之一开。看书之后的心，也如看罢山景一样，只感到月白风清，纤尘不染，仿佛被山风漂洗过一般。

心，是一朵花。书，则是无边的润花丝雨，在心中淅淅沥沥地下，把一颗心下成了一片杏花春雨江南，诗韵盎然，纤尘不染。

一个人，若是厌倦了争斗，厌倦了名利，厌倦了红尘，读书，是最好的归隐方法。拿一本书，门一关，大街便是深山，集市也是田园，没有了嚷嚷的市声，没有了世俗的纷争，一颗心顿时变得空明清洁起来，也变得宁静起来。如果再如我这般，任教于一个山明水净的小镇，居于小镇南山下的一座五层楼上，那种读书生涯，简直就如陶渊明归园田居一般，算得上"心远地自偏"了。

楼在南山下，楼栏处正对着南山，南山古寺仿佛伸手可及，山里白云带着水汽，时时在眼前拂拭，凉幽幽的。由于住处偏僻，又加上楼高梯陡，平日少有人到，恰是读书的好地方。课余无事，阳台上，滚滚的市声远去了，心头的浮躁也烟消云散，随白云流失。

此时，掇张竹椅，握卷诗书，坐在日光清风里，真是一种无上的享受。

至于书，可以是唐诗，也可以是宋词，现代的小品文或者沈从文的小说更好。

看唐诗，最好是王维的集子。读"人间桂花落，夜静春山空"，读"深林人不知，明月来相照"，读"春草明年绿，王孙归不归"，一颗心也仿佛随着诗人走入了山林，映上一片苍翠的青苔色，绿格盈盈的，沉浸在一片鸟鸣、水声和三月的花香中，难以自拔。

当然，张志和的词也未尝不可。让自己化成小词中的那个渔人，撑一叶小舟，在细雨中披蓑戴笠，垂根钓竿，不钓名，不钓利，专钓一种悠闲，一种潇洒，也是一种无上的享受。可惜，古人已矣，今人，又有几人有此闲雅的情致？古人的风采，真正让今人难以企及。

说到现代文，那种自然，那种悠然，当首推知堂老人的小品文和沈从文的小说。读知堂老人的小品文，潇洒淡然，如水清白。读罢，心也是清

亮亮的一片水光。沈从文的小说，是边城凤凰的那轮永存的月亮，白净，高雅，人性。让人一卷在手，直想身着长衫，走到那遥远的白塔下、渡口边，让那个长着一双小兽一般眼睛的女子把自己撑入青山绿水中，撑入悠扬的情歌里，一醉千年，不思归来。

一册读罢，抬头看天，才感觉到霞光如染，夕阳如酒，晚风如水。一个身子干净、空灵、轻松，直欲凌风而去。

读书之后的人，俗气顿失，飘飘欲仙。

在五楼读书

身处五楼，室高梯陡，门户逼仄，无人造访也无人打扰，因而十分孤独，也十分清幽。整日无事，身倚楼栏，远远望去，只见天光如水，夕光如酒，扑面拂来，熏人欲醉。

下雨时，最是清闲，也最好读书。

无事看书，我们那儿叫看闲书。一个"闲"字，深得其中三昧：没有任务，没有目的，随意读来，或三五张，或一两篇。读到得意处，可嫣然一笑；也可暝目品咂，细心体会。此中真意只可对好书者谈，实难对外人言说。

《清赏录》云："昔人云，过名山如读异书，倦则数行，健则千里。言之不论程途，以洞心快目而止。"读书实应如是观。读书讲究的就是悠闲，就是一种心无挂碍的适意。若急急迫迫，反失读书的意味。

一壶清茶，一把竹椅，外带一本书，独坐在小镇的五楼上，在四围的雨雾中读书，别有一种韵味。

　　小镇的雨永远那么细，让人几乎感觉不到。只有当风飘过楼栏时，才会带来一星一星的清凉，沾在脸上，毛茸茸的，让人蓦然一惊，从而从书中醒来，方知道自己在楼上读书，外面在下雨；而不是书中在写雨，自己在读书中的雨景。

　　读书的内容，此时最好是李清照的小词，婉婉约约的，揉人衷肠。秋天，本来是一个多愁善感的季节，秋天的雨又是如此缠绵细腻，再加上李词呢呢喃喃的倾诉，一颗世俗的心就浸泡在这蒙蒙的天、蒙蒙的地、一片多情的水雾中，算是一种疗伤，也算是一种清洗。

　　尘世间的争斗太多了，人世间的尔虞我诈太频繁了。见识过太多的虚伪，太多的奸诈，一颗心也早已变得冷漠了，僵化了，对任何事也无动于衷了。此时，只有在这样的雨天，这样的小词中，让心浸泡一会儿，才会恢复原形，才会变得多情，才会变得敏感而有弹性，才会充分发现生活中的美。

　　真的，在尘世间堕落太久的心实在需要书来拯救。

　　一篇读罢，回首栏外，雾慢慢地淹上五楼，时涨时消。小镇，时时在雾中露出一角，或是古戏楼的雕檐，或是小巷的风墙，或是镇后的庙宇，模模糊糊的，如电影黑白片中的风景。远处，不知哪一家的门"吱"的一声，又归于寂静。近处的小巷里，有高跟鞋声一声一声走过，在雾中听来，平平仄仄的，渐行渐远，终于消失，给人留下无限的惆怅。

　　在小镇的五楼读书，小镇就是一阕词。你，就成了词里那位踏青游春的书生，心里清幽极了。

　　在小镇五楼读书，小镇就成了一位含情脉脉的女子，隔着雨帘儿偷偷地望你。你，也就成了书中吟诗作句的诗人，飘逸潇洒。

　　读书，在小镇五楼，在秋风细雨中，是一种无上的享受。

第二辑

草木语言

做一朵黄桥的荷花

一

爱荷花，爱的是那种洁净，那种雅致，那种风韵，那种"水面清圆，一一风荷举"的情态，那种"骨香不自知，色浅意殊深"的温婉谦虚，那种"接天莲叶无穷碧"的柔情色泽。

荷花有香，可以做到"香远益清"，丝丝缕缕，清风之中，缭绕不散，沁人心魄，入人骨髓，让人心为之爽，魂为之醉。

荷花更有骨，可以做到"中通外直，不蔓不枝"，可以做到"亭亭净植"，可以让人"远观而不可以亵玩"，让人长吟短叹却不可以戏侮。

经过唐诗的润泽，经过宋词的浇灌，荷花总是在线装书里散发着幽幽的香气，和翰墨之香荡漾在一起；总是在悠扬的箫声中，和采莲女子的歌声相互映衬；总是在红牙拍板中，和江南的黄梅戏交相辉映。

可是，荷花的美，必须有水映衬，就如珍珠，必须放在碧玉盘中；就如酒窝，必须长在美女的脸上；就如蝶儿，必须点缀在花丛间。如果没有水，荷花，将失去颜色，丢失风致，就如小巷没有了青青的石板路，粉墙缺乏一两枝桃花的点缀。

水，润泽了荷花，也优美着荷花。

二

"采莲南塘秋，莲花过人头。低头弄莲子，莲子清如水。"听着这样的歌声，如果再划一只小船，进入荷花丛里，那该是何等的享受，怎样的沉醉啊。那时，我们一定会感觉到，自己仿佛就是一个诗人，就站在荷花丛中，看"荷叶罗裙一色裁"的女子，在和女伴浇着水，相互嬉闹着；看"采莲从小惯"的少女，在荷塘中唱着情歌，低头一笑，躲入荷叶之中；看浣衣村姑站在荷塘边，和荷花相映衬，"双影共分红"。我们的心，就悠悠地走远了，走入那个莲叶田田情歌声声的世界，走入那个荷叶如海荷花如星的地方。

我们的身边，仿佛就有了哗哗的水声；我们就仿佛坐在船上，船舷旁就是白亮亮的水；女孩们在荷花深处，争渡争渡，惊起了鸥鹭，溅起的是白亮亮的水花。那水花，溅在采莲女的脸上，晶莹水嫩；挂在她们的睫毛上，水钻一样，闪闪发亮；溅在荷叶上，还有荷花上，那就成了一颗颗圆润的珍珠。

可惜，一切都是想象。

可惜，一切都远去了，包括碧翠无边的荷叶，包括洁白干净的荷花，还有采莲女，还有温情的流水，还有那平平仄仄长吟短叹的诗人。

一切，都淹没在滚滚红尘中。

一切，都迷失在浮躁中。

在都市，在商场，忙碌结束的刹那，我们回望，寻找，失望，长叹：唐诗宋词，已经离我们一步步远去；古人的潇洒风流，已经与我们无缘；南北朝的采莲曲，唐诗宋词里的荷花，也成为昔日的风景。

三

不是烟花三月，是六月，我们坐一条船，孤帆远影，下了江南。有朋友说，去黄桥吧，看荷花。

我们就来了，来到山柔水软的苏州，来到了苏州的黄桥。

黄桥的水很柔，亮汪汪的，如害羞的女孩，总有点欲说还休的娇羞，总有点"犹抱琵琶半遮面"的内敛，总有点眉眼盈盈的多情，总有点低眉回首的纯洁。

这样的水，只适宜于静静地看，静静地照影，静静地沉醉，把自己的心沉入水中，化为一条水草，随水漂摇，随着柔波，轻轻地动荡。

这样的水，只适宜于江南的女孩，吴侬软语，悄悄地荡漾开，荡漾在柔嫩的风中，荡漾在天青色的江南山水中，荡漾在青花瓷一般的黄桥，清脆，瓷白，润泽。

一切，都那么婉约，那么柔美，仿佛一首唐代的绝句，一阕宋代的小令！

可是，在这诗歌里，如果缺少荷花，就会缺少一种难以言说的美。就如西湖，缺少那一段黄梅戏中的传说；就如乐游原上，缺少那一轮苍茫的落日；就如二十四桥，缺少一声悠扬的箫声和一群美丽的女子。

黄桥，缺不得荷花。

这儿是荷的故乡，是荷的国度，是荷招展风情的出处，是荷姿态万千的地方。

黄桥，是荷的"T"台。荷，是这儿最美的女子，她风姿万千，在这儿微笑着，在这儿娇媚着，在这儿"巧笑倩兮，美目盼兮"，在这儿"一顾倾人城，再顾倾人国"，在这儿低眉敛目着，开怀大笑着。

多少种荷啊，水莲、玉莲，争相比美；粉色、白色、橙色，纷纷登场；单瓣、重瓣、复瓣，姿态不一。哪儿的选美，有这儿的热烈；哪儿的

美女，有这样的天姿国色；哪儿的女孩，有这儿的自然清纯；哪儿的女子，有这儿的冰清玉洁；哪儿的红颜，有这样的中挺外秀？

黄桥荷花，是世间最好的女子，素面朝天，一任自然。

漫步在这儿，眼前一片片荷叶，组成一个巨大的碧玉盘；一朵朵荷花，如碧玉盘中的珍珠，晶莹，剔透，有的才露尖尖角，有的开得如红玉一般，有的"婀娜似仙子，清风送香远"，已经大开了。

四

我们去的地方，叫"荷塘月色"，一个让人心驰神摇的地方。

在这样的地方，是不好坐船的，会打扰了荷们，会惊扰了她们的兴致，会打破这儿的宁静，会吓着她们的，因为，她们在这儿静静地聊天，在这儿美丽地开放，在这儿对着流水照着影子，甚至，有的在同伴面前，显示着自己的娇美。

沿着木栈桥，我们慢慢地走着，观赏着。

在一朵荷花面前，我停住了。这是一朵花骨朵儿，含苞待放，将开未开，躲在一片片荷叶和一朵朵荷花的后面，轻轻地晃动，带着一点微微的腼腆和一种难以言说的心事。

我突然想到一首诗："君家住何处，妾住在横塘。停船暂相问，或恐是同乡。"诗中那个撑船的女孩，大概就如这朵将开未开的荷花一样吧，她的心中，大概也如这朵荷花一样，包容着娇嫩的花蕊，包容着细细的芳香吧。

我的心中，竟无来由地产生一丝惆怅。这荷花如果是江南的女子，我则是骑着马踏过青石板小巷的游子。

三月早已过了，跫音轻轻响起，向晚的夕阳照在水面上，荡漾着一层金子。

在这儿，我不是归人，只是个过客。我们真得走了，挥挥衣袖，挥别那田田的碧叶，那一尘不染的荷花，也挥别青花瓷一般的黄桥。

黄桥的黄昏，远远望去，透明润泽，沁着一层水色。

来生，我愿做一枝荷。

来生，我愿做一枝荷，生长在青花瓷一般的黄桥。

种一盆虫鸣

阳台上有个花盆，不大，白底蓝瓷的，一派古朴。盆子下面是个树根雕的盆架，不太高，树根很扭曲，韵味十足。

妻子说，栽什么好呢？

我说，来盆兰草吧，兰草好活，长带当风，一盆翠色，给人一种蓬勃之感。儿子不，他认为牵牛花好，到时倒垂下来，一片花色叶影，绿得如瀑布一样。

意见难以统一，妻子采取折中的办法，在花盆里种上吊兰。到时，吊兰蓬勃生发，铺叠下来，有兰草的翠色，也有牵牛花的摇曳感，纤细感。

而且，她说到就做到，第二天就买来吊兰，栽在花盆里。并且高兴地告诉我们，过段时间，花茎吊下，指甲大小的叶子一片翠绿，如一匹绿绸子，才最美。妻子是写文章的，描摹得很好，然而栽后并不乐观，不知是方法不对，还是水太多，吊兰叶子一片片黄去，最终死去，只留下一个花盆，一个花盆架子。

妻子说，等着，吊兰会发芽的。

于是，我们每天去看一次，湿乎乎的土面上什么也没有，让人很是失

望。可我们也不敢改栽别的花儿，怕吊兰的根还活着，给捣腾死了。

这事，一直拖到母亲来，才有所转变。

母亲因妻子有病，前来看护一段时间，没想到就和一个卖菜的老太太成了朋友。一天，她去了人家菜园里，看见一地韭菜，十分眼气，要了一些韭菜根，用油纸包了，拿回来栽在那个小盆中。用她的话说，荒了怪可惜的。说那话时，好像那不是一个小小的花盆，而是她的菜园子。

韭菜根种下，母亲断言，过几天就是一盆嫩嫩的韭菜。

母亲甚至得意地说，到时，做韭菜馅饺子吃。

为了自己的诺言，母亲每天提了喷壶，给一个小小的花盆要浇上三遍水。每早起来第一件事就是去瞅一眼她的韭菜。很可惜，许多天过去，花盆里一星韭菜也没生。

那几天，妻子身体不好，我们心里也不愉快。母亲呢，默默地坐在那儿，间或念叨一句："这韭菜啊，怪了。"也没人应，就住了嘴，去忙别的了。

房子内，一时静静的。

一个黄昏，寂静之中，花盆里突然传来一声"吱"的叫声，接着，又是一声，长长的声音带着颤音，带着青山绿水的韵味，竟然是久违了的蟋蟀的叫声。

蟋蟀的叫声，开始短促，间隔很长，好像试探一般。大概感到安全了，那声音一声接着一声，繁密如雨，晶亮如露珠。

我们来自农村，进入小城后，对这带着泥土芬芳的虫声就已经疏远了，陌生了，突然听见，就如听到故乡的方言，听到了故乡的呼唤。更如走在异地，孤影飘零，突然见着一个故乡的熟人。

它在歌唱着，如故乡的民歌。

它发出长长的咏叹，让我们仿佛走在乡间的小路上，对着一地蒲公英花儿。

以后，我们不再谈种花了，一个花盆就那么放着。劳累了，坐在那儿，听阳台上传来蟋蟀的歌谣，传来乡野的声音，在每个早晨或者黄昏。

种花，是种一种心情。

种一盆蟋蟀的吟唱，又何尝不是这样？

心白如杨花

她坐在窗前，悄悄地望着外面。早晨的太阳，清新如水，流淌进来。她的睫毛上，挂着丝丝的光芒，五彩的。

有时，她还伸出手，轻轻一抓，然后，双掌小心合拢，又慢慢打开来看。脸上，浮出洁净的微笑，纤尘不染。

我走近轻声问："干什么呢？"

她脸红了，告诉我，在看杨花。说着，张开手掌，一朵杨花，轻盈如梦，在她的手掌上仿佛睡着了。突然，一丝微风，杨花翻个身，又轻悠悠飘走了。

我点点头，让她坐下。

已经到了暮春时节，花事都谢了。远远望去，亮亮的阳光下，山洼里，山包上，或者人家的粉墙边，桃花已经零落，杏花也稀少了，洁白的梨花更是没了影子。

这时，杨花开了。

杨花不是很好看的花儿，可是，它是一种最有灵性、最自由的花儿。

过后，第一次，我悄悄抓住一袭杨花，仔细欣赏起来。杨花真不能叫一朵，只能叫一袭，因为，它如烟，如纱，如昨晚的一片洁净的梦。摊在

手掌上，它轻盈地翻个身，停住了，静静的。仔细瞅着，那是一簇簇细细的毛，细得肉眼都难以分清。茸毛的中间，包着一颗小小的玉白色籽粒，那籽粒真小，小得几乎看不清。因而，也很少有人注意到。

可是，杨花毕竟是花。是花，它就要开，就要飞，就要随风飘摇，满空挥洒，张扬自己的生命。尤其是在早晨，在太阳刚刚出来的时候——春天的太阳，是最新的，也是最柔的。这时，它轻盈地飞起来，飞在林子上空，飞在洁净的空气中，飞越栏杆，飞过窗户，轻盈得如一个梦，洁净得如一片水，在早晨的阳光下，每一根细毛竟然都闪着丝丝的五彩。

黄昏里，它飞过的时候，总是驮着一片晚霞，白里透红，犹如一朵小小的火烧云。

那些茸毛，太洁净啦。

看着它们，看着它们毫不着力地飞着，看着它们自由悠闲地游荡着，看着它们张扬着自己的个性，人的心也一时轻盈起来，感到生命很美，很珍贵。于是，会衷心地发一声长叹，做杨花，可真美。

既然那样，我们为什么不选一个早晨，或者黄昏，看一眼杨花。或者，抓一朵杨花，好好欣赏一下，对它呢喃着自己的心事。然后，放了它，让它带着自己的心事，飞到春天的田野里，飞到蓝天的尽头，飞到海天相接处。

看看杨花，自己，也就成了一朵杨花。

狗尾草开花

狗尾草，又名谷莠子，是种很贱的植物，在故乡田头地脚，山野河边，到处都是。

狗尾草长得不美，很丑陋，长长的叶子，细长的秆，顶端抽出穗来，毛茸茸的，如一只毛毛虫，难入人眼。

所以，和别的花草在一起，它一直是个配角，即使是苦苦菜，也比它出众。

母亲说，狗尾草不开花。

这，我是相信的，因为在我们那儿有句谚语，说别人想等一个等不到手的东西，就道："你等吧，等到狗尾草开花吧。"那样一说，就说明，这事没指望了。

因此，在农家院子的篱笆旁，一般花草是可以落脚的，譬如蒲公英、牵牛花，譬如月季花，都蓬蓬勃勃的，肆意开着，捧出整个春天。可是，狗尾草是个例外，这儿永远没有它存身的地方，好像它的出现，和春天、夏天都没关系似的。它只配待在路边，待在河沿——或者哪个石头裂开条缝隙，它马上钻出来，默默地生长着，和蛐蛐为伴，听山野虫鸣。

这种遭遇，不只在农村，在农谚里，甚至在歌词中也表露无遗。有首歌叫《狗尾草》，是安旭唱的，很忧伤，里面有歌词道："你脸上的红潮，是我幸福的预兆，怎么突然之间什么都变了？我成了你眼中一棵狗尾草，你说这日子越来越无聊，难道这是个危险的信号——"听听，一说自己是狗尾草，马上着急，觉得恋人对自己已缺乏了春天般的热情，觉得爱情可能要凋谢；如果是牡丹，是夹竹桃呢？可能是另外一番样子。

对狗尾草贱视，看来不只是我，不只是故乡的人，也是所有的人一致认识。

狗尾草，就这样在人们的视线之外，默默生长着，随着春风变绿，随着秋雨变枯，无声地生，无声地死。

一直，都是如此，

一直，我都对它们视而不见。

世间的草，都会开花，这是一个作家说的。

可也有例外，这就是狗尾草。

我没想到，有一天，我的这种看法会被彻底颠覆。

一本科普书上记载，狗尾草不是没花，是花开得很小，就在穗上。穗上每一粒小小的籽粒上，就有一朵小小的花儿。

我见了，很惊异。

当再一次狗尾草绿遍田野时，我回到故乡，特意去看了狗尾草。果然，那长长的穗上，有小小的不起眼的花儿，极小极小，小得几乎看不清。

狗尾草真的开花呢。

我告诉母亲，狗尾草也开花。并把狗尾草的花指给她看，母亲笑笑说，真的啊，真有花。

多少年了，我们都没注意到，狗尾草能开花。可是，狗尾草在野外，在山坡，默默地青着绿着，默默地开着花。你注意也好，不注意也好，它都在开着。

做人，谁能做一棵狗尾草？可惜，没几人能做到！

清淡的指甲菜

讲究吃喝，在我们那儿叫好吃，含贬义；在美食界，叫美食家，艺术家一流的人物。同一对象，不同称呼，一天一地，让我们这些爱细品慢咽的人立时身价百倍，挺胸凸肚。知道我们是谁吗？艺术家，诗人、画家一类的人。

　　跻身艺术家的行列，当然有个人的独特见解了，否则，岂不愧对这顶桂冠。

　　中国的菜肴，细说起来，讲究色、香、味、形；这之外，我认为还应加上一条，即简单中出至味。换言之，就是以最简单的材料，做出上品的味道来。

　　这其中，我个人认为，在我所品尝的菜肴中，当首推指甲菜。

　　指甲菜是一种野菜，喜阴，爱潮。在我家乡的青山秀水间无处不见。指甲菜藤长不过半尺，水嫩水嫩的，色白如玉，上生绿叶，两两相对，椭圆，肥厚，形如人眼，小如米粒，色如碧玉，嫩脆水灵，细看不像叶肉，分明是蜡质的外壳内包一汪绿的汁水，绿的精灵。那小巧玲珑的样子，如精工细磨的翡翠。

　　一到春夏，指甲菜就会绿遍一坡。那绿，绿得刻骨铭心，如醉如痴。

　　这时，人们劳动回来的路上，就会在背阴的沟渠边采回满把的碧翠鲜绿，在泉水中洗净，不切，原汁原味，放入锅中，沸醋一烹，即舀入盘，拌上香油，掺上蒜泥和精盐。盘是白盘，汤色温碧，菜如翠玉，夹几根尝尝，一种青鲜鲜的味道，让人无端地产生一种山水田园的情味。如再在菜中加入几段油炸红辣椒一调，万绿丛中红一点的诗意扑面而来。坐在桌前，观诗，观画，观千里山水融入一盘，也是一种精神上的享受。那味，更是鲜中带辣，脆中夹香。

　　然而，这种菜烹调时切忌过火，入锅一滚即起，免败其鲜味，毁其嫩味，坏其颜色。

　　指甲菜热烹宜下饭，凉拌宜下酒，若酒至半酣，一碟凉拌指甲菜上桌，挑几根嚼嚼，那清鲜鲜的味道，让人酒意大消。

　　可惜，时下的人都走入高级宾馆，喝的是进口名酒，吸的是名牌香烟，吃的更是燕窝熊掌山珍海味，有几人喜欢吃这种山里野菜呢？指甲菜，作为一种菜中珍品，怕实在是难以走出巷闾之间了吧。这，也真正是

我们美食界的一个不小的损失。

因此，写下这篇小文，我真心希望热爱美食如我的人在读了它后，会选某一个早晨或是下午，青衣布衫，脚蹬布鞋，走入山中，走入农家小屋，静静地坐下来，要上一盘指甲菜，一壶小酒，慢慢地品尝，品尝一份山里的淳朴，山里的自然，山里的清鲜和美妙。

坐拥红叶

时令已到寒露，雨，就多起来，也缠绵起来，细细密密的，泛着寒意。昨天，还是单衣；今天，就得毛衣在身。难怪谚语道："秋寒乱穿衣。"不乱穿衣不行，一层秋雨一层凉呢。

秋雨渐少，秋却渐渐浓了，而且越来越深。

此时，游巫山最富有韵致的事，应该是看红叶了。

对面山峰上，抬眼望去，映入眼帘的红色，如火如潮，滚滚而来，直扑江心，映红了山，映红了水，映红了天空，甚至映红了山上赏红叶的人。雾里，那一片铺天盖地的红叶泛着胭脂色，如隔岸的篝火，西天的晚霞，无边的红绸。

巫山红叶，实在红得惊心动魄，红得赏心悦目。

秋日的早晨，一个人悄悄走出宾馆，到树林里转转，迅即被淹没在红叶林中。鸟鸣，已经稀少了，只有偶尔几声，清脆，洁净，纤尘不染。山林里，此时显得格外空静，只有雾如薄纱，飘荡在林间，堆拥在山谷里：巫山的雾，变幻多姿，同巫山红叶相映相衬，别有妙处。一个人漫步，有一份清冷，一份孤寂。红叶落下，如红色的蝶儿，如巫山特有的信笺，一枚又一枚，落在衣服上，或是脚前。弯腰拾起一枚，仔细看看：叶脉还泛着青中透黄的颜色；可是叶子却红了，红里虽然透出丝丝的黄，但红得醉人，灼眼，而且透出润泽的湿意。放在鼻端嗅嗅，沁着一丝草木水华味。

小杜诗言："霜叶红于二月花。"其实，有哪一种花红过巫山红叶呢？没有，至少我没有见过。

太阳出来时，在红叶林中，随意选一块山石坐下，拿一本书看看，也是蛮洒脱写意的。秋天的巫山，是最洁净的，包括山，包括水，都清新明媚，没有一丝渣滓。在蓝汪汪的晴天下，太阳干净得像水洗过一样。阳光照在山林里，没有了古人所说的那种"落木千山天远大"的萧瑟和清冷，有的只是舒服、爽脆，以及无尽的温馨。

当然，在这样的环境下，也不一定必须读书。和恋人在红叶满山的小路上漫步，看红叶映红恋人的衣服、恋人的眉梢眼角，以及脖子上系着的白围巾，也别有情趣。

李可染先生有一幅画，名叫《万山红遍》，画中有层叠的群峰，粉白的院墙，还有一线飞流的瀑布，直下万丈绝壁。一切，都那么美，又那么和谐。而这些景色，都掩映在红叶中，若隐若现。景色虽美，犹如仙境，但只能看，却难以游览，山高崖陡，以杜荀鹤的诗说："只堪图画不堪行。"

可是今天，我却来到了巫山，置身于李可染先生的画中。

巫山红叶，在风中招展着，在雾里欢笑着，在阳光下摇曳着。它们的美，已经不是一片具体的叶子，而是一首首古诗。

在歌咏红叶的古诗中，我独喜欢晏殊的名句："远村秋色如画，红树间疏黄。"黄花，是红叶最好的知己：黄的淡雅，红的热烈；黄的清冷，红的如火。红黄交杂，最具山野情趣。当年，陶潜所住地方，菊花环绕，一到秋天，不知是否也像巫山一样，红叶如火，染满山山岭岭、水边屋后。陶潜住的地方，在九江一带，盛长乌桕。据陆游记载，乌桕一到秋

季，红可醉人，堪与枫叶媲美。

乌桕叶可观赏，籽可榨油，做灯油，实在是农家最经济实用的树木。

曼殊大师有一首诗，道："柳荫深处马蹄骄，无际银沙逐浪潮。茅店冰旗知市近，满山红叶女郎樵。"诗可以入得画，也很是艳丽，我每每怀疑那红叶大概就是乌桕，因为，他写的也是南方绍兴一带的景色。

可是，这些和巫山红叶比，显然逊色不少。

巫山红叶，可以和我记忆中故乡的红叶媲美。

童年时，我的故乡，也有乌桕红叶。

那一棵棵乌桕树，就栽在河边坝上，一抱粗细。秋季到来，椭圆的叶子，红如晚霞，籽粒裂开，分成四瓣，白色的，小如珊瑚珠子，毫无瑕疵。远远看去，如红叶林中梅花盛开，很是美观。可惜，后来田地分人，树也随之分人。怕树荒地，村人把乌桕砍伐一光。现在的孩子，再提说乌桕，已经不知道是什么了。

这一道秋天的美景，看样子将永远在故乡消失了。

在巫山，我又看到了几棵乌桕，童年时见过的乌桕，时时出现在山道旁，石岩上，映红人眼，给人一种久别重逢的知己之感。

于是，口占一绝句曰：

黄花白露艳阳天，青衫犹自带寒烟。

看罢巫山人一笑，叶子红处似家山。

只是这儿，山如剑削，直耸云霄；长江如带，蜿蜒东去。景色雄浑，大气，豪放磅礴，则远远超过了我的故乡。因为，我的故乡是个小山沟。

独品山石

品石，当在野山瘦水间。

曳一根竹杖，芒鞋粗衫，随意行去。小路两边山色如黛，明花照眼，野鸡咯咯如鸡鸣，在谷底拖着长长的回声。路旁不时见几根野竹，铜筋铁节，丛攒在石缝中。那石状如蛤蟆，疤痕累累，青苔蒙茸，枯藤缠绕，古色斑斓，卧在三根两根怪竹下别有一种野趣，让人见了，盘桓久之，不忍离去，浮生真可得半日清闲了。

若是夏日炎炎，可赤脚短裤，缘溪涉水，边走边看，看水清如少女的眼波，波下有天光有云影，有小鱼如线以石为窠。石是鹅卵石，颗颗圆润秀气，清洁喜人，拾起一枚，晶莹剔透，浑然如雪球，睹之良久，满眼皆白，似置身于珠穆朗玛峰的冰天雪地中，天地一色，了无纤尘，三伏之中却浑身透凉，神清气爽。

古人云，美人之光，可以养目。其实，品石，可养目，也可怡情。

置一石于几上，闲时无聊，凭几独赏，拿一壶清茶一边有一口没一口地啜着，一边想"白云抱幽石"的清幽，想"日月石上生"的奇险，想"山石荦确行径微"的荒凉，想"石脉水流泉滴沙"的清冷，想"乱世穿空"的雄奇，该是何等的洒脱、悠闲啊。

本人案头养有一石，大不盈握，是水浸石。石虽不大，景色却很美。石上有山，山后有岭，沟洞相连；一面岩如瀑布，凌空下跌，声势十分惊人。

有时工余之暇，独踞石前，看山色潇散淡然，山尖轻爽高洁，不由吟起"咫尺愁风雨，匡庐不可登。只疑云雾窟，犹有六朝僧"。心想，这小小山顶的岩洞之中，一定也有六朝的僧人在那儿修行吧？山间仿佛还回荡着隐隐约约的木鱼声呢。又疑心那该是隐士居住过的地方，那一条凝固了的瀑布那时一定是流动的，一定洗涤过他的冠缨，洗涤过他的手脚；那条小路一定是他采菊时踏出的。而今，隐者已去，山形仍旧，使人对之不由生起"采菊东篱下，悠然见南山"的出尘之想。

可惜山上无草无木，未免美中不足。

我将它放在桌前的水钵中，一日一勺清水供养着。一日，细细玩赏，忽见石缝中沁出一星青绿，那绿虽小，却绿得滴翠，绿得流油，绿得如醉如痴，绿得让人惊心动魄。细看，是青苔。

以后，随着时间的推移，那绿也不断地扩展，一直延伸到山根的小半岛上，竟给钵中的湖水映出一片绿影来。

那青苔，该是这山中的森林了。于是这山上就有了树木、山石、小路、洞壑，再捉几只蚂蚁放在山上，就当成山中放牧的几只牛羊吧，"回瞻山下路，但见牛羊群"。然而不见牧童，那也无法可想了。

这水光山色绝不亚于任何一处风景名胜。

可我当初拾它的时候，它孤零零地躺在路边，也不知是谁扔的，没有一个人注意它，拾起它。是它够不上收藏的价值？是那些路过者不识真货？还是他们不屑于像我这样把心血花费在这块被丢弃的石头上？

由此，我想到了人才的取舍。

与荷对语

仿佛冥冥中，我是冲这塘荷来的。

塘不大，在山的转弯处，一溪活水流过，扯下一绺，在山崖上一滑，就溅了下来，哗哗地响，虽小，但瀑布的样子十足。远看，一绺儿薄纱，烟一把雾一把，做尽姿态。

近了，才发现，瀑布下不远处，就是一面池塘，席子大小。

塘内，密密麻麻挤着的都是荷叶，在那儿静静地立着，仿佛如我一般，也在仰头观瀑。所有的叶子，都仰起脸盘，对着瀑布倾侧着，认真，好奇，如一个个山里来的没见过世面的女孩：有的身姿修长，亭亭玉立；有的三五相挨，边看边交头接耳；有两茎刚冒出水面，还没有荷叶的形态，可已有了荷叶的风致，羞羞涩涩，躲躲闪闪的，怕见人。

荷花一朵两朵点缀在叶间。山里，蜻蜓不多，但仍有一两只飞来的，在花儿上停一会儿，花儿，这一刻袅袅娜娜的，更见娇柔了。

荷叶很绿，绿得倾心，绿得醉眼。叶上，有一颗颗水珠，是瀑布上飞上来的，在荷叶上做珍珠样，做碎钻样，小到极点，也精致到极点。每一粒水珠里，都映着一星绿。那绿，仿佛是水珠的灵魂，水珠的心核。绿透过水珠，也依然翠得炫目，绿得耀眼，如绿色的电火花，在一星一星闪烁。

荷花上，当然也有水珠，珠圆晶莹，清亮闪烁。那些荷花，如我故乡河边打水仗的女孩，清泠泠的笑声，一时灌满我的双耳，还有我的心。

从小城来，染一身灰尘，还有一身劳累，在盛夏的午后，我一个人悄悄走来，静静面对这一池荷，瀑声远去了，鸟鸣远去了，一切虫吟也远去了。

只有我与荷在对望。

四野里，有清风吹来，拂在衣襟上，拂在脸上，也拂在身上。淡淡的荷的香味，浮荡在我的周围，浮荡在我的身上，也润入我的肺中，我的血液中。我感到，我的血管中，也流淌着青葱、嫩绿，还有洁净和自然。

我想，做一枝荷，真幸福。

沉思间，手机铃响了，震破了山里的宁静。一只蜻蜓在花朵上受到铃声的惊吓，鼓翅飞起，花儿倾侧起来，摇晃着，仿佛不胜惊吓。

一池的宁静，一山的宁静，被我的手机声打破。

我依依不舍而又不得不离开这儿。

走了几步，忍不住回过头。在风中，荷叶在风中田田地波动，形成一波波绿；花儿在风中俯仰生姿，明媚而雅致。

这些荷，她们展叶，开花，静立如姝，一切随心所愿，从不强迫自己。

她们是自自然然地生，自自然然地绿，自自然然地开。

面对荷，人总会感到俗气，感到自惭形秽。

六月荷花

六月，是荷花的季节。一朵朵荷就那么半开着，开着，立在清风中，立在蝉鸣中，立在水面上，亭亭玉立。

荷花的前世，一定是个女孩。

那该是一个多么纯洁的女孩啊，她一定有着银子一样的心，有着明月一般的灵魂，有着水流一样晶亮的笑声。她一定不是生活在都市里，不是生活在红尘中，她远离肮脏，远离龌龊，一尘不染，置身于空谷之中。

绝代佳人，空谷足音，翠袖红衫，顾影自怜。日暮黄昏，她独自彳亍，徙倚修竹，清美绝伦，也脱俗绝尘。

可惜，时下，这样的女孩已经看不见了，她们都变成了荷，一朵一朵，盛开在六月的荷塘，盛开在盛夏的风中，盛开在田田的荷叶中。

仿佛经历了千万次寻找一般，在这块池塘前，我猛地驻足，眼前为之一亮。

池子很小，如同一铺席子。但是，那铺席子却完全看不见水面，都被绿遮住了。那绿，虽在盛夏的阳光下，却丝毫不见颓唐，不显得萎靡。那绿绿得洁净，绿得醉人，绿得整齐划一，一层层铺展着，一片片舒展开，好像水洗过一样，又仿佛是被昨夜的露珠过滤过一般，纯粹，干净。

风，轻轻吹来，带着热气，绿便荡漾起来，一层层，在想象中无边地展开，就如一片绿色的海，在天尽头荡漾，在海尽头荡漾，在心灵深处荡漾，在血管中荡漾。心是绿的，还怕什么热，还怕什么污浊不堪？可惜，我们的心中，总是缺乏那抹绿，缺乏一丝洁净。

荷叶的掩映中，是一朵朵荷花，洁净的荷花。

六月，是荷花盛开的红火的季节，因此，每一朵荷花，都尽情地展露出自己的情态。炎炎烈日下，一朵朵荷花如一粒粒明珠，在碧绿的玉盘中，随风摇晃，就如珍珠滚动一般，真让人担心，怕一个倾斜，落到地上。

荷花的样子各不相同，有的开了，花瓣重叠，粉色中透红，润出霞光水色。花瓣深处，嫩黄的花蕊，毛茸茸的，粉嘟嘟的，给人一种清新之感。半开的，总是透出一种典雅的样子，给人一种咬牙微笑的韵致，给

人一种"犹抱琵琶半遮面"的含蓄。未开的花骨朵，是涉世未深的山里女孩，没见过大世面，躲在荷叶后面，躲在其他荷花后面，羞羞涩涩的，很青涩，很天真，也很内敛。

有蜻蜓飞来，在正午的阳光下，扇动着薄薄的翅膀，飞到花骨朵上，听一会儿，突然又飞走了。只有花骨朵，在轻轻地摇晃着，轻微，细致。

一切，都静静的，只有蝉声流荡着。

蝉声，是从柳树上发出的。

柳树在荷塘旁边，浓浓的柳条，如女孩委地的长发，飘飘洒洒，如一蓬绿色的云一般。风停了，柳条垂下来，照在清亮亮的水上，一动不动，好像在顾影自怜。

荷塘边，为什么一定要栽柳呢？我弄不清，不过觉得很好。

柳树下，是一条水渠，水晶亮晶晶的，如恋人的眼光。脉脉的水光，在日光下，不显得生硬，相反，格外柔，也格外酽，大概是日光反衬的原因吧。水里，有蝌蚪游来游去，一会儿钻入水草里，一会儿又游出来，很忙碌的感觉。

站在荷塘边，站在柳树旁，我感到自己仿佛也成了一朵荷花，也在淡淡地开放，开放在一泓洁净的水里，开放在碧绿的荷叶间，开放在六月的酷热中，开放在一片生气勃勃的静谧中。

红尘世界里，让我的身体也开成一朵荷花吧。

寂静中，让我的心也开成一朵荷花吧。

俗世中，让我的灵魂也开成一朵荷花吧。

佛说，心是莲花开。其实，没有欲望的心，没有利欲牵绊的心，都会盛开，都是一朵荷花，任名利如潮，欲望沸腾，我自悠然开放。

我，也就成了佛。

虫鸣依旧

秋虫声响了，又到了秋天。

坐在深夜的楼上，四周，是洁净清亮的宁静，劳累远去了，疲劳沉淀下来。这时，乡思如水泡一样，一个个泛上来，一会儿工夫，就弥满了整个心室，整个灵魂。

秋虫声，也就在这个时候响起。

虫声细腻，婉转，仿佛透过大山的缝隙渗出来的泉水，又如一颗颗水珠浮在绿叶上、青草上、花蕊上。一切都湿漉漉的，能沁得出绿来。这秋虫是促织，还是别的什么，我不知道。但我能想象出它鸣叫时的样子，长须摆动，晃动着颀长的腿，一声声歌吟就如水一样流淌出来，溅湿了异乡人的思绪。

难怪在古诗词中，流离异乡的人，总会首先听到秋虫的鸣叫。

听到秋虫鸣叫的那一刻，我仿佛不是置身在这个小小的山城，而是在乡下，正挎着个筐，走在田埂上。家乡的炊烟升起，在黄昏中，一缕直上，悠然而温馨。母亲的呼唤声也随之而来，在夕阳下，绵软而悠长。田埂两边，是细细碎碎的花儿，一朵又一朵。当然，中间夹杂着细碎的虫鸣，一声又一声，叫得舒适而自由，一点也不感到拘束。仿佛，这一片天地就是它们的。

虫声清亮，水洗过一样，纤尘不染，那声音绝不做作，不哗众取宠，想怎么样歌吟就怎么样歌吟，时而舒缓，时而急促；时而悠扬，时而低

沉；时而飞流直下，时而一波三折。它没有刻意追求一种美，却自有一种天然的美，如云在天上飘，如花开在二月的春风里，把人的心歌吟得熨帖，平展，毫无沟壑和物累。

虫声，仿佛又带着一种感情，一种低低的倾诉，一会儿凄凄切切，婉转缠绵；一会儿高亢响亮，充满喜悦；一会儿低到难以听清，细如游丝，可那丝线怎么也不会断。上面，仿佛还沾着一颗颗泪珠，清亮晶莹，是一种忧伤，一种哀怨吗？最难忘的，总是最亲近的。

虫声停了，也许累了，也许把自己的感情抒发到淋漓尽致了。

窗外，是水汪汪的月光，是一种古诗词清洗出来的月光。走出去，清风吹衣，也吹皱了一泓月光，在一片片树影下晃动。

在月光下，听秋虫的鸣叫，心，就等于回了一趟家。

月光依旧，虫鸣依旧。故乡，也在虫鸣中依旧吗？

山茶花开

花儿如女子，怎么能说无情？又怎么能说无态？月下吹笛，傍一树樱花，月也如雪，花也如蝶，迎风飘扬，羞态可人。灯下读书，一盆水仙放于案头，花朵欹侧，灯光相映，花影阑珊，真有一种"红袖添香夜读书"的情态。

古人说花如美人，其实恰当地说，应是美人如花。

美人比花，究竟略逊一筹。美人要修容，要描眉，要顾影自怜，含情回首，因而，就失之自然。"梨花一枝春带雨"，虽比喻贴切，可写人却只见人的凄婉哀愁；"一枝红艳露凝香"，美则美矣，又失之妖艳；

"人面桃花相映红"，又略见轻薄。大手笔犹难脱做作的窠臼，小家子气更无法措笔。

以花喻人，实在不好比喻，一不小心，用上庸脂俗粉，花也俗气，文也俗气。翻遍唐诗宋词，唯有"帘卷西风，人比黄花瘦"一句巧夺天工，实属隽品，这大概也得益于词人是女人的原因吧。

前几日见一日本浮世绘，是歌川丰广所画，画中一女孩，十七八岁，着宫装，秀发披肩，耳不环，指无戒，发间无一星饰物，腰间束带，宽约咫尺，缠绕二三匝，又倒卷直垂，如绑一包袱，手携一蝙蝠伞，拈一朵花，微微而笑。画以淡彩绘就，清纯得如一朵沾露的嫩白菜。

可惜，女孩手中拈的是一朵樱花，而非山茶。

我以为，山茶的美是能和日本少女相媲美的，都一样的自然、素净，还稍微带一点娇憨。

山茶开花，最好是在月夜里，或红或白，笼着月光，就如美人醉卧银丝纱帐中，娴静得让一些小虫儿都噤了口，不敢作一声。月下的山茶叶绿汪汪的，流光溢彩，那是一种怡然自得的绿。至于山茶花，无论是开着的、半开的，或是含苞的，都在月光的抚摸下，闲闲的，欲睡。

人站在月下，对着这样一株花，会忘了自己，觉得自己也仿佛成了一株山茶花，一直到清露沾衣，寒气袭人，才知自己不是花，是人。不由一阵孤单袭上心头，才真正品尝到了刻骨铭心的感伤。

善于赏花的人，我认为大概要数清代的李渔了。他在《闲情偶寄》中说山茶有三大长处：花期长，颜色多，"戴雪而荣"。颜色多，我没见过，见过的只有红白二本，在校园的后花坛里，无人自开，天真烂漫。说到"戴雪而荣"，恰是花期长的注脚。就校园内而言，百花凋零时，唯有这两株山茶，在雪里一红一白，红的深红，白的粉白，在冰天雪地里开出几朵疏疏朗朗的笑声，惹得一后园子都是暖暖的春意。

山茶花，是一种浑无闲愁的花儿。

草木语言

在城中，花草是装饰，是点缀，是宠物，却比宠物次一等。它的地方在花盆中，或放在阳台上，或放在花架上。有娇嫩一点儿的，则养于深闺中。

城市花草娇贵，可怜，很少见风日雨露。

乡下的则相反。

乡下的花草，生长在院子里，土堆边，或是公路边，很随意。有的是特意种上的；有的则是风吹来的，鸟拉下的：一颗种子，随意一落，风雨一吹一润，生根发芽，长成一花一叶，一树一果。总之，没人拿着喷壶，一天天地浇水照看侍弄着。

花草长在院子里，土堆边，这些，和乡下人相似，随遇而安。大概是因为性气相通吧，乡下人能和它们交谈，能听得懂它们的话。

草木有语，这是城里人不相信的。

草木之语，城里人也是听不懂的。

柳树发绿，点种洋芋。

在乡下，一到正月，就要种洋芋。

种洋芋的地是坡地。洋芋命贱，种在肥地，反而只长秧子，一地绿乎乎的，无边无岸，一 挖下去，下面的洋芋只有指头肚大。

原来，是什么种子长什么地。爹说，洋芋这东西命硬，和农人一样。

于是，到了秋冬，庄稼一收，总有一块坡地空在那儿，闲闲地放着。

这地，得是阴坡，得是沙地，得向阳。四周的麦苗长起来，青绿一片，如一床毯子。而这块地，却安静如一个邻家女子，看着别人女孩出嫁，一点儿也不急。

它，是给洋芋留下的。

种洋芋，在乡下一般是不用化肥的，用的是火粪。

到了正月，初五一过，爹拿着刀上了坡，将荆刺啊树棍啊茅草啊，割上了一大堆，堆在地中间。过两天，阳光一晒，干透了，爹就拿了锨准备上坡。我们小孩子一见，知道是烧火粪，也嗷嗷叫着跟了去。

爹在地上竖着并排挖了几条渠，做了通风的烟囱。然后，把柴草平铺在上面，堆码整齐，一锨锨的土浇得高高的，谷个子一样，然后手一拍，将军一样喊一声："点火！"

我们欢叫着，节日一样兴奋着，东边点一把火，西边点一把火，顿时，火堆燃起来。我们伸着手烤着火，脸被烤得红彤彤的。

爹点一锅烟，坐在旁边吸着，火灭了，喊声："走嘞！"

我们也喊一声："走嘞。"

走了好远，回过头去，看见一缕浓烟仍在蓝天下直直冒起。爹说，土堆里的火还没熄，熬着吧，熬了几天，开始筛火粪。火粪一筛，泼上大粪一拌，就能当肥料种地了。挖一个坑，扔上一个洋芋，放上一把火粪，再盖上土。

有时，我也跟着上坡，虽然小，却能帮得上忙。

一块地种完，回家路上经过河边，爹看见柳树，总会撂上一句："柳树发绿，点种洋芋。"我一抬头，河边的柳条果然绿了，软了。河沿上有一树野桃花，冒出淡红的花苞。

那天是正月十四，多年后我还记得。因为，隔天就是正月十五。爹说，种完洋芋，好好过十五。我听了，感到很快活，无来由的快活。

茶芽一冒，清明就到

小时，婆常常念叨："茶芽一冒，清明就到。"

我亮着眼睛问："茶芽是啥？"

婆张张嘴，又眨眨昏花的老眼，说了半天，也没说清什么是茶芽。那时很小，只知道茶是叶子的，哪有茶芽啊。婆也说不清，因为她说的是一句当地的谚语啊。再说，她老人家也没见过茶芽。最终，婆无奈地拍一下我的头说："打破砂锅问到底，硬要问砂锅能煮多少米。"

长大之后，我看到了茶芽。

故乡在山里，那儿山不高，圆圆的馒头一样，长着桐子树，长着槐树，一片一片的。到了四月，一山白槐花，一村子的香气。秋天吧，桐籽结得比鸡蛋还要大。

山坡是沙地，不瘦，不敢说一把攥出油，但也黑黑的。

一年，有县林业局的人来，看了说，好地，种茶吧。于是，一车车茶籽送来，在山林里挖上坑，将茶籽埋下，发芽长高后，其他树一砍，仍是一片青绿，一片香气，不过不是花香，是茶香。茶叶真香哎，尤其六月天，蹲在茶林中，热气一蒸，漫天清香，自己也仿佛变成了一粒茶芽。

茶芽吐出时，正是三月。

那时，刚修剪过的茶枝，密密麻麻，冒着一层茶芽。有人说，茶芽如蚁。这比喻很恰当，茶芽确实细小如蚁，不是绿色，是一种淡嫩的颜色，上面有一层茸毛，白乎乎的。尤其早晨，站在茶林边一望，一层白乎乎的雾气中，每一颗茶芽上凝结一颗露珠，晨光一照，一片彩线，还耀眼哩。

茶芽出来，清明也就来了。

这时，一家家的坟山上，就会零零落落响起鞭炮声，在洁净的阳光中，没有悲戚，没有伤感，有的是一种温馨。清明，是一种回归，一种寻根，一种反哺报答，乡下人做得有条不紊，古风浓厚。鞭炮之后，会在坟前放一壶酒，几个酒杯，还有几碟菜。

每年清明，茶芽一起，我在远处就想到了婆的话："茶芽一冒，清明就到。"

婆活着的时候问："旺儿，长大了，清明祭婆不？"

我说："祭！"

婆不放心地说："走远了呢？"

我脆脆地说："走远了也回来祭。"

婆就笑了，眯上了眼，亲着我说："我的孙子好孝顺哟。"

婆已离世十几年了，多少个清明我都身在异地，没空回家。只是那句谚语我还清清楚楚地记得——茶芽一冒，清明就到。

结巴草长，六月栽秧

结巴草是一种很难缠的草，在乡下，农人说起结巴草，不是说讨厌，是说难缠，好像结巴草是一个顽皮的娃娃，纠缠着他们，让他们撒不开手。

结巴草真难缠的。

这种草，生命力超强，无论田埂上，小路上，它都能茁壮生长。至于田间，更是它们铺张伸展的好地方。它们一节一节向前铺展，每铺展一节，节上就生根，扎入土中，长成新的草儿。这样一来，一丛结巴草，几天之后就会铺成一片。

这种草，扯下来后，不能随意扔，随意一扔，几天之后，它又扎根生长，因此，有经验的农人把它扯了，一堆堆堆起来；也有人随手把它扔在玉米叶上，或者挂在玉米棒上——它挨不着土，也就无法再生长。

乡村人，就是依草而生，依草而活的。一方面，他们和草搏斗着；一

方面，他们又离不开草。

他们恨结巴草，可是，又爱着结巴草。

他们说，结巴草长，六月栽秧。

老家栽秧不是用机器，田块很小，机器施展不开，所以，只有用牛整。有一个笑话说，一家请了一个牛把式，告诉他，自己今天要整十五块水田。牛把式吓了一跳，到了地里，松了一口气，一块块席子大的田地，很快就整好了。可是整罢，左数右数也才十四块。无奈之下，拿了斗笠准备走，这才发现，斗笠下还扣着一块水田。

地块不大，但他们栽秧却十分细致。

我曾栽过秧，左手捏秧把子，右手分出几根秧苗，往水田中一插。插秧，是个技术活，不能深，深了的话，再次返青生长十分缓慢；也不能浅，浅了，随水漂散。

一天秧栽下来，腰腿酸痛，晚上都睡不踏实。不过，经过秧田的时候，指着那几行秧苗对别人炫耀："那是我栽的，长势咋样？"那种得意，是难以描述的。

这种得意，我已经十年没再感受到。

叶红石头黑，勤人种早麦

一直以来，我把这个谚语都读错了，我以为是"叶红石头黑，穷人种早麦"呢，我们那儿，"穷""勤"读音不分。前段时间，娘来城中看我们，住了一段时间。有一天，她早早起来，坐在阳台前的窗子旁，望着外面的山，许久之后，一声长叹："叶红石头黑，勤人种早麦。"

我不解地问："娘，种早麦的人家理应富足啊，怎么会穷呢？"

经过娘解释，我才知道，是勤人，勤劳之人，不是穷人。

几天后，娘就回去了。老家，娘还有两块田，合在一起拢共不到一亩。但是，娘把地收拾得很细致很平整，每年此时，娘都会在地里撒上麦子。

乡村人对地的作用认识很窄，就是种庄稼。

近几年，乡村引进了黄姜，还有丹参，很来钱。可是，一些老年人专弄了一块地，上足底肥，放着种麦子。无论儿女怎么劝说，也不许种了黄姜和丹参。用他们的话说，那些东西喂不饱肚子，没庄稼来得实惠。

于是，一到秋季，麦苗仍然是小村的一道风景线。

种麦子时，土地已经空旷了许久，已经吸饱雨水，蓄势待发。这时，牛把式来了，犁架上，牛嚼着草，早晨的雾升起，遮住了近处的田远处的地。远远地，传来挖地边子的声音，还有咳嗽声。主家提了化肥，在田里一撒，拍拍挎篮，意思是撒好了。

牛把式扶了犁，鞭子一捽，抖起一朵鞭花。犁铧划过，潮湿的土块翻起，土气上升，雾更浓了，里面还弥漫着泥土的味儿，很好闻的。间或，雾气里传来几句说话声，还有小牛犊子哞哞的叫声。这时，它们在田间撒着欢子，十分欢快。

地犁罢，还要撒种子。

种子撒罢，还要把地整平，土坷垃敲碎，一整套的工序，很麻烦的！

乡下人常说："种地就是麻烦事，怕麻烦，就别种地啊！"好像他们从事的是一种多么神圣的事情。这种神圣，只有他们体会得到，只有锄头体会得到，只有长天大地体会得到。对，体会得最清楚的应当是草木。不信？你也听听草木之语吧！

篱笆上的瓜菜

一

在山里的老家走，信步行去，篱笆处处可见，成为一道景观。我家门前也有一道篱笆，是母亲从竹林中砍的水竹，趁下雨地软之后，将竹子的一头削尖，斜着一插就成。

故乡人插篱笆虽然随意，却很讲究，不同于他处。

他们插竹子，一律是斜着的，一排平行着向左边斜插着。接着，右边也平行着斜插一排。两排竹子交接的地方，用绳子一系，就不会散开了。这样扎成的篱笆格子是菱形的，很好看。

很多外地人进村见了，连夸村野风景，特别好看。其实，他们不是为好看才这样插的，纯粹是为了有用。

二

篱笆一般就插在门前院地边。插篱笆不是防人，是防鸡啊鸭啊什么的，因为，院地里有嫩白菜嫩韭菜的，鸡见了，爱钻进去糟害。

一般的院地里，种的最多的是白菜，还有萝卜。

一般院地离灶房也不过十几步，有的甚至几步。由于离灶房近，这儿烧锅，那儿去摘菜，水龙头下清水一冲，咔吧咔吧一切放入锅中，用锅铲欻啦欻啦一炒，就是一盘青鲜鲜的小白菜。这菜是纯天然的，没用农药，没用化肥，吃着放心，对身体更好。小白菜下杂烩面好，做拌汤时放着也不错。

萝卜嘛，不到秋季是舍不得拔出来的，一个个冲出地面，露着半截白胖的身子，顶着一簇绿菜叶，如一个人举着一把伞一样，憨态可掬！

院地中也有辣椒，也有茄子。总之，院地是个大杂烩，什么都有。下雨之夜，突然有客人来访，村人一般是不会着急没有下酒菜的。门檐上的电灯一拉，照得一地白亮，照着亮亮的雨丝。主妇就拿着篮子进了院地，沿着地边走一趟，篮子内青嫩红黄一篮，有肥胖的黄瓜，有臃肿的茄子，有尖瘦的辣椒和红红的西红柿，还有豆角。不一会儿，一桌子菜端上来，一家人坐着，小酒喝着，家常拉着，听着外面细雨沙沙地下，真有点《春夜喜雨》中的愉悦空闲之意。

陶渊明诗中"欢言酌春酒，摘我院中蔬"的画面，在小村里是常见的。诗人用"摘"字，他的"院中蔬"大概是豆角吧？在小村，豆类是院地里常见的菜蔬：四季豆一炒，放在米饭中一蒸一拌，吃着又香口感又好，我一顿能吃三大碗，吃完，伸着脖子鹅一样咯咯地打嗝。至于蛾眉豆，则宜于用青椒丝杂炒，此豆口感毛糙，可有后味，越嚼越香。蛇豆长如大蛇，有的粗如擀面杖，切成片，熬成汤，有一种青鲜味。

陶渊明诗中所摘的豆子，不知究竟是哪一种。

三

豆角是不种在院地里的，因为，在地中间长着，豆秧是扶不起来，得搭架。

在老家，人们种豆一般就地取材，沿着篱笆种下。谚语说，"谷雨前后，种瓜点豆"。一场细雨后，村人忙着点豆，拿一根尖嘴竹棍，顺着篱笆一路过去，插下一个个洞眼，然后，将豆种放进去。几天之后，春雨一

润，两瓣豆叶冒出来，胖乎乎的，借着春风一吹，腰肢一伸，攀着竹篱笆上去了，一直攀到竹竿顶端，又扯着一片又一片的绿叶四处游走。这样，一棵豆子，不久就扯成一片绿色的屏风。紫色白色的豆花一开，一院子的豆花香，引来一群群蜜蜂，嗡嗡地叫着，一个小小的院子，就变得活色生香起来。

当然，也有的沿着篱笆点上丝瓜。

在小村，丝瓜炖汤，是酒后的醒酒汤。

我在小城也吃过丝瓜汤，小城人不会做，把汤炖得太老，丝瓜一烂，成了糊状。因此，吃这儿的丝瓜汤，与其说是丝瓜汤，不如说是丝瓜糊糊。丝瓜嫩，水一开就停火，等到吃时，丝瓜已熟。此时，丝瓜碧绿，汤色温碧，锅盖一开，一片清香。

有的村人还沿着篱笆种上黄瓜，种上其他藤状植物，因此，一年四季中除了冬季外，竹篱笆是不得清闲的，一茬结束一茬开始，热热闹闹地赶着趟儿。

农村还有句谚语，"瓜菜半年粮"，也就是说，一个竹篱笆，牵系着村人半年的口粮。这当然是饿饭时候的事，现在村人已不再为着肚子这样打算了。不过，一道竹篱笆，确实让一个村子人的饭桌丰富了许多。

四

一道简易的竹篱笆，把一个村子变得古朴起来，变得如一首孟浩然的山水田园诗。古人谈到山村生活的如诗如画，总会概括为"竹篱茅舍，小桥流水"八个字。

在小村，已经没有茅舍了，一色的小楼，掩映在林子里。其他三样，仍然保持着，一样不缺。

竹篱笆除了种瓜种豆外，还种花。母亲劳作之余，不知从哪儿弄来了牵牛花种子，沿竹篱笆一撒，一到夏季，竹篱笆上就成了牵牛花的世界。牵牛花好看，但实在是一种平凡而又富有生命力的东西，它们顺着竹篱笆拉扯着扭结着，四处铺展开来，将自己的生命力张扬开来，炫耀开来，仿佛一个世界都是它们的。

我的卧室窗子正对着家里的院地。

一到牵牛花开时，开窗望去，篱笆已经不见了，是一匹碧绿的绸缎，从上到下铺展开来。牵牛花开的时候，有的完全开放，如一个个精致的唢呐；有的含苞待放，如一个个小小的银鱼儿。至于花色，更是或紫或红或白，一片珠光宝气。

人站在房子内，碧色花色映入房内的粉墙上，真的如一波动荡的碧波，如幻如梦，如一片绝细的丝绸，将看花人都映衬成透明的了，连心也变得透明了，空空静静的，没有一丝沉重感。

五

回到村子，看着那一间间白瓦房，还有那一道道竹篱笆，以及篱笆里青绿一片，还有篱笆上的一片瓜豆。在一片鸡鸣狗叫声里，人也变得青鲜鲜的，仿佛一个顶着青菜的大萝卜，随意而舒畅。

做一朵小村的花，是一种福分。

做一根小村的瓜豆，也是一种福分。

即便这些都做不到吧，作为一个在外奔波的游子，空闲时间，回到小村走一趟，任意敲开一家的门户，掇一张竹椅，坐在篱笆旁，看着这一片瓜豆一片青菜，也是一种心灵的放松。更何况远山上还有沙哑的山歌，还有笑声，近旁还有熟悉的笑容。

童年柿子红

秋天一到，柿子就红了。

开始的时候，红的是柿叶，如一片霞光，如一片灼灼燃烧的火。这儿的人家，房前屋后都是柿子树。粉墙掩映在柿树林中，如画，亦如诗。只不过，这些，身处其中的人自己不知道罢了。

然后，柿叶就落了，在秋风中打着旋儿。

柿树上，光秃秃的，全是柿子，红得如丹，醉眼。真是醉眼哩，一眼看去，眼里是一片猩红。

柿子，是村人的一味水果。当然，也不全是，它的用处很多。

柿子酒

柿子酿酒，过去在农村是常见的。不过，现在的村人不酿了，想喝酒，就到村前老柳家的铺子去提一瓶，再弄点火腿，还有香肠、五香鸡爪什么的，拿回家让老婆哐当哐当一切，整两盘子，摆上桌，就嗞儿嗞儿喝起来。

现在的孩子，也根本不知道什么是柿子酒。

柿子酒，酿酒的主料当然是柿子，必须是青的。

柿子摘下，乱刀剁碎，剁成指肚大的丁，拌上酒曲子，反复拌，拌匀，放在酒窖中发酵，用泥封上，发酵好后，才可吊酒。至于什么时候算得发酵好，一般人弄不清，只有行家才知道。我父亲会酿制柿子酒，他说，发酵好没有，靠耳朵听的，侧着耳朵靠近酒窖听，有一种细微的声音，咕叽咕叽的，像螃蟹打洞，像小鸡出壳，就成了。我听了，侧着耳朵去听，什么也听不见：真怪！

吊酒一般在腊月，快过年的时候。选个晴朗朗的日子，甑子盘好，亮亮的酒流出来，一个村子都荡漾着一片醇醇的酒香。就有馋酒的人嗅着鼻子说："嗯，好香，谁吊酒啊？"闻香赶来，喝上几杯，满脸通红地回去。有时，吊酒人会在甑子旁边放个盘子，盛点炒苞谷花，或炒黄豆什么的，不为别的，为的是让喝酒人下个酒。

吊酒的人，是不怕别人喝的，甚至盼着别人喝：这说明自己酒好。

柿子酒喝在嘴里绵软，不呛口，但不能喝多了，喝多了反胃。可是，也仅仅是听说而已，我没有这样反胃过。

这种酒，三十年前常喝。

那时，来客了，父亲用一个茶壶盛酒。至于菜，一碗黄瓜片，一碗炸茄子，一只杯子几人传，竟也喝得有滋有味的。现在，没有柿子酒，喝酒人好像也没了过去那种喝酒时嗞儿嗞儿的幸福感，一个个一杯酒下去，皱一下眉，很苦的样子：作践酒呢，何苦？

幸福，有时真的与物质无关。

柿子醋

柿子做醋，远比柿子做酒简单。

做醋也得青柿子，摘下洗好放入缸中，不去柿蒂。然后，倒上凉开水，搬个大石头洗净，放进缸中，压住柿子。缸口，得用塑料纸包严实，捆上绳子，一道又一道，贼紧。一个月后打开，水就变成了醋。

这醋，黄亮亮的，喝一口酸牙。

至于柿子，别舀出来倒掉，那叫醋母子。醋用得差不多了，再兑水，如此反复，没醋母子不行。

那时，我们小，看见母亲尝醋做成没有时，也闹着要喝。母亲舀一碗让我们兄妹喝，又酸又凉，直沁到心里去了。我们上瘾了，一气能喝一碗，从没感到胃里不舒服：纯自然的东西，就是好。

现在买的醋，谁敢这样死命地喝？

说到做醋，就不能不说柿子的另一种吃法——泡柿子。泡柿子的做法很简单，也是用青柿子，如做醋一样，但所用的水是冷水。柿子进缸，倒上冷水，上面用柿叶盖着。十天之后，拿了柿子吃，青涩的柿子咬在嘴中，竟甜甜的润润的脆脆的，赛过大梨。

我们小时，还发明了一种吃青柿子方法：摘一兜青柿子，来到一个青青的秧田里，选一处角落，扒开一个水窝，将柿子放进去，用泥一盖，转身离开。几天之后，扒开烂泥，拿了柿子一洗，吃，也脆甜如梨。

当然，这得注意两条：其一，不能让其他孩子看见，不然，自己还没来得及扒，已经被那野小子偷着扒吃了；另一条，小孩忘性大，埋在那儿转身不久就忘记了，等到想起来时，去扒开来吃，已烂成了泥。

柿子砣

做柿子砣，必须在秋季。这时，柿子刚红，还没变软，赶紧摘下来，柿蒂上要带着一段小小的树枝。随后，刨去柿皮，一个个水润润的柿子就可以串起来了。

串柿子时，得用一根粗绳子做主线，然后，用一条细绳，将一个个柿子柿蒂上的小树枝绑在粗绳上，反复交叉。完成后提起那根粗绳，长长一串刮皮的柿子，挂在房檐下，就如现在酒店为招徕顾客，挂着一串串的小红灯笼。

柿子挂在屋檐下，慢慢风干着。深秋一到，柿子上上一层白霜。这办法，叫上霜。

有时我很疑惑，柿子挂在檐下，怎么会上霜呢？可是，就上霜了啊，白白一层。上过霜的柿子才甜，才润口。那种甜，真不是一个"甜"字所能概括的，它甜得醉舌头，可又甜得自然，还有一种又糯又软的口感。

村人取名，叫它柿子砣。

柿子砣这个名字实在不贴切，一个砣字，给人一种铁硬的感觉。其实它很软，很润，用手一撕，就撕下一块，也不是丹红，是一种檀木红色，对，有一种五香牛肉色，却比牛肉细腻。

这是一种仙品。

可惜，外地很少见到。

一般人家等到柿子砣上霜后，把它收起来，来客了，用盘子盛着拿出来，孩子们嗷儿一声叫，扑上去拿了就吃。柿子砣的一个捎带收入，就是刮下来的柿子皮，晒在那儿，也可上霜，也可以吃，但没有柿子砣细腻，有味。

我小时，特爱吃柿子砣。我母亲晒的柿子砣，过年一看，少了一半，问时，我低着头告诉她，我偷吃了。母亲没骂我，一笑道，贪嘴！哥哥却悄悄把我叫到墙角，打了一巴掌，骂我贪吃鬼。

我一直疑惑不解，我偷吃东西，母亲不管，怎么哥哥倒管起来了？他管得着吗？哥哥后来说，再偷吃，必须叫上他，不然还打。我捂着腮帮子点着头，这才恍然大悟。

红柿子

秋天过了，冬天来了，柿树上还有一些柿子，不摘，放在那儿红着，

在雾蒙蒙的冬季，简直是一道绝美的风景线。杜牧有诗曰"霜叶红于二月花"。这柿子比霜叶红多了，简直红过十七八岁女孩脸上的笑，是一种醉人的晕红。

这些柿子经霜后，熟透了，里面的柿肉便软了，不是稠软，是一种稀糊状的液体，外面仅仅包了一层薄薄的柿皮而已。吃时，掐破皮，噘着嘴对着里面轻轻一咂，那稀软的柿肉就"呼"一下进入嘴里，又冷又清又甜。

在老家，这样的柿子不多，一般是给馋嘴的孩子留着的。上学时，拿一个装在衣兜中，在小伙伴面前显摆一下，一下照亮大家的眼睛。一时，一群孩子围过来，叽叽喳喳的，一人噘一口，喜欢的什么似的又跳又叫。

也有拿了柿子，不给同伴吃的。

我的一个同桌，和我一般大，当时八岁，是个女孩，眼睛特大，一眨一眨的。一次，她拿了一个红红的柿子，装在衣兜中，不给我吃，馋得我口水直流。我气不过，趁她听课时不注意，在她衣兜上狠狠捏一把。她下课准备吃，手伸进衣兜，摸了一手柿汁，看见我偷笑，就气呼呼地去告诉了老师。

结果，我站了一节课，写了一份错字连篇的检讨。

二十年后，我们再见面，她还记着那事，两人说时，都大笑不止。小孩子感情的纯真，真超过了这柿子。只是，往事历历，时光却再也无法倒流。故乡的柿树，一到秋来，仍一片如霞，而我已不再是当年的少年，日日奔波在小城，无一刻宁闲。

小城的柿树也多，可是没有柿子酒、柿子砣的做法，唯一同于小村的方法就是柿子不摘，放在树上，柿叶一落，密密麻麻一层，如一树小灯笼。有时坐车路过，看见车窗外一村一户莫不如是，大为赞叹。

可是，他们为什么不做柿子砣呢？

可是，他们为什么不酿柿子酒呢？

古语道："家隔三五里，各处一乡风。"故乡离此遥遥几百里，和此地风俗不同，也是理所当然的吧！

第三辑

那一方古典的山水

走近岳阳楼

一

一千几百年前，鲁肃于金戈铁马号角震天中，选一湖山胜地，剑尖一指，建一阅军楼。于是，一座名楼诞生了。

这楼，就是岳阳楼，中国的岳阳楼，中国文化的岳阳楼。

一座楼，改变一代读书人的风貌，历史上，只有岳阳楼。

一座楼，成为文人墨客念念不忘的心灵港湾，历史上，也只有岳阳楼。

一座楼，矗立于历史深处，让每个汉字润泽过的人，想到斯楼，就热血沸腾，一种"位卑未敢忘忧国"的豪情，悠然而生；一种"铁肩担道义"的责任，沉甸甸地压在肩上；一种"舍生而取义"的豪气，奔涌在血管里。历史上，也只有岳阳楼。

岳阳楼，是座文化高楼。

岳阳楼，是座人格高楼。

岳阳楼，也成为每个中国文人心中的道德高楼。

二

岳阳楼，是文人心灵的后花园。

千余年来的文人们，或遭贬谪，或郁郁不得志，或心灵受到创伤时，

就会一叶舟，片帆如鹤，飘摇而来，登上岳阳楼，借一片山光，一缕水色，涤荡自己的心灵，抚慰自己的创伤。

"昔闻洞庭水，今上岳阳楼"，诗圣的话，道出了每个文人的心声，也表达了每个文人的渴望。

于是，诗仙来了，带着走出宫廷的沉重心事，带着难以言传的失意，走向洞庭湖边，走上岳阳楼。江水浩渺，一洗愁绪；高楼耸立，上与云齐，一时心胸豁然，脱口而出："楼观岳阳尽，川迥洞庭开。"青花瓷一样的江南，岳阳楼尽善尽美，洞庭湖一片汪洋，三两白帆，和水鸟上下。面对此景，人，仿佛生活在透明中，一颗心，也变得透明了。

诗仙离开，隐入山水，恍如一朵白云。岳阳楼，仍矗立洞庭湖边，"朝晖夕阴，气象万千"，阅尽人事，披览沧桑。

不久，一只船从西南漂荡而来，从诗歌中漂荡而来，从万方多难中漂荡而来。它，带来诗圣，带来一颗对岳阳楼心向往之的心。衰老的诗人，在秋日里，登上岳阳楼，看着"吴楚东南坼，乾坤日夜浮"的壮阔景色，清泪直流。岳阳楼，在战火硝烟中，在中原板荡中，给诗人一缕心灵的寄托，一丝精神的抚慰。

诗圣远去，山水含情。

一个个诗人，随后也一如诗圣，带着满身疲惫，带着一颗伤痕累累的心，登上高楼，或看"钓艇如萍去复还"，让一颗心漂漂摇摇，随着来往船只，驶入白云尽头；或遥望"芙蓉采菱桨"，听着江南的采莲曲，听着江南女子采菱的笑声清凌凌地飞扬，如一片水花儿，打湿自己的心，自己的灵魂；或无言独坐，"卧听君山笛里声"，让自己漂荡无依的灵魂，也随着一缕笛音，飞上高空，飞向长天，飞回故园。

大家沮丧而来，挥动衣袖，轻松而去。

三

洞庭湖是湖，更是历史涵养的一篇文章。岳阳楼，是楼，更是这篇文章最醒目的标题。而文章的主旨，人们，一直语焉不清。

因为，每一个文人，身份不一，机遇不同，赋予岳阳楼的主旨，自是大相迥异。

有人在岳阳楼上，望极天涯，数尽白帆，轻声叹息"数点征帆天际落，不知谁是五湖舟"，归隐田园，息心山林之想，跃然纸上；有人轻裘肥马，荣膺朝命，车马南来，堂堂皇皇，登上岳阳楼，脱口而出："已极登临目，真开浩荡胸"，得意之情，溢于言表；有人日暮登楼，怅然无言，写下"怀沙有恨骚人往，鼓瑟无声帝子闲"，遗憾世无知音，身如漂萍，南北漂泊，形单影只。

千年，在诗人的歌咏中，弹指一挥。

岳阳楼无恙，洞庭湖依旧，它们在等待着，等待着一个人，一支笔，一声浩然长叹，一声洪钟大吕的长吟，震烁古今，辉映山水。

这人，就是范文正公。

洞庭湖这篇大文章，终于有了主旨，千年不变的主旨。

岳阳楼，从而成为一座精神丰碑，让后来人走来，不是欣赏，是高山仰止，是发自心底的膜拜。

"先天下之忧而忧，后天下之乐而乐"，一个句子，浓缩了一代文人的精神实质；一个句子，旋转了千年士子的得失；一个句子，成为一个民族的道德写真。

洞庭湖太大太广阔了，"三江到海风涛壮，万水浮空岛屿轻"，"地吞八百里，云浸两三峰"；岳阳楼太雄壮太高峻了，"突兀高楼正倚城"，"杰阁出城塘，惊涛日夜春"。这样浑无际涯的水，这样雄壮瑰丽的楼，一般的诗，是难以和它们匹配的，一般的得失是难以在它们面前诉

说的。只有一颗怀抱天下的心，一颗忧乐苍生的心，才能装得下它们，才能和它们相互辉映，相得益彰。

岳阳楼，因此得以永恒。

中国文化，因此更增色彩。

四

一直不敢买舟南来，来看岳阳楼，总怕难以承受那么重的文化冲击。一直想来岳阳楼，因为，心中始终有一个美丽的梦，有一笔文化的债。

在一个五月，我终于来了，登上岳阳楼，登上李白的岳阳楼，杜甫的岳阳楼，范仲淹的岳阳楼。

晨光中，岳阳楼一片静穆，一如千年之前。

岳阳楼之奇，首在建筑。

一座名楼，三层四柱，成为建筑上一大奇观。拾步登楼，看煌煌四柱，直直挺立，杵地顶天。听导游言，岳阳楼纯木结构，四柱支撑，不用铁钉，没有榫卯，傲然湖边，听风听雨，看月看花，千年如斯。

我听后，心中讶然，这座承载着几千年中国文化，承载着中国文人理想和追求的楼，竟然以四根柱子支撑，能撑得了吗？

心中随之释然：中国文化，讲究内敛，讲究蕴藉，而不是咄咄逼人，不是剑拔弩张居高临下。那么，这样的木柱，这样的木楼，才和中国文化相吻合，才赢得了中国文人的喜爱。

岳阳楼二奇，是盔顶式楼顶。

岳阳楼的楼顶形状，在中国建筑中，独此一家，别无分店。这种拱而复翘上凸下凹的形式，再覆以金黄色泽，在蓝天白云映衬下，如金盔耀眼，铁帽生辉，显得格外庄重，沉稳，大气，坚定。

两个特点结合，让岳阳楼既如临水玉立的书生，又如挑灯看剑的将军；既有翰墨飘香的书卷气，又有沙场点兵的壮士情。它将侠骨柔情，将书生情怀老将风采，合二为一。它仿佛能博带飘扬，置身宫廷，化一代风俗，正一朝风气；又能走入边塞，统领千军，指点江山，高歌"塞下秋来风景异"。

岳阳楼，极似当年的范文正公，风骨耸然，凛然难犯。

一千多年后，我也登楼。"登斯楼也，则有心旷神怡，宠辱皆忘，把酒临风，其喜洋洋者矣"，盛世登楼，定当如是。来时是早晨，站在岳阳楼上，放眼望去，太阳从看不到尽头的湖面冉冉升起，圆如车盖，红如胭脂，它把它的光和色泽，一波一波，泼洒在湖面上，一粼一粼的，泛着黑红色。氤氲的薄雾中，有船来往，或撩网，或起鱼。这些，也都变成黑红色，慢慢清晰起来，再清晰起来，如张大千的画一样。

心胸，一刹那间，竟然如湖水一样，起伏荡漾，没有底止。

五

去一趟岳阳楼吧！

当你轻车宝马，扬扬自得时，去趟岳阳楼，你会知道自己的责任；当你迷路红尘，焦头烂额时，去趟岳阳楼，你会知道你失去了什么；当你斤斤计较，得失萦心时，去趟岳阳楼，你会心胸开阔，矫健如鹤。

去一趟岳阳楼！

无论在烟花三月，买舟而下；无论在淫雨霏霏，匹马南来。最好，去趟岳阳楼，登临一下高楼，把楼上匾文吟读一遍。再回来时，你一定不再是原来的你，你会变得昂扬如松，潇洒如云，高尚如月下梅花，纯洁如空谷幽兰。

因为，岳阳楼不单单是座木楼。它是中国文化的高楼，是中国人心中的圣地。

支提山记

江南山水，太过婉约，太过灵秀，女人味较重。可支提山例外。

如果说，其他山应手执红牙拍板，吟"杨柳岸晓风残月"，那么，支提山应弹铜板铁琶，唱"大江东去"；如果说，其他山是虞姬，那么，支提山就是项羽。

游支提山，是在雨中。

我们去时，烟花三月，满眼锦绣，江南细雨如箫音，如江南女子昨夜温婉的梦，烟一把雾一把，随意飘洒。

支提山在雨里挺立，山骨耸立，树色含烟，如将军挂剑，力士扛鼎，让人一见，精神一振。

游支提山，当游华严寺。

一路上，两旁山色如染，绿树如洗，烟色如梦。行人走在山里，衣襟沁绿，眉目映翠。一颗心也化为一粒浮萍，在绿色里漂摇。

人到山顶，眼前一亮，一座牌楼伫立眼前，上书"天下第一山"。一身着黄袍的僧人，迈着清闲的步子，一步步走过。细雨落下，浑然不觉。让人一见，自惭形秽，何时修得此种心境？置身名利场中，心如莲花，淡然开放。

可惜，我辈俗人，终难做到。

雨里，千山如屏，古树如佛，华严寺藏身其中，暮鼓晨钟，含着平仄，押着长韵，一声声从古殿深处传来，声声在耳，声声沁心。

院堂中，一尊大佛，笑望来往人群，一副"开口便笑，笑天下可笑之人"的出世情怀，是一尊弥勒。这样大的弥勒，好游如我者，还是第一次看见。站在佛前，一时心如止水，无一丝涟漪。

繁忙中，看看佛，心会沉静一点，也算休息一下：我们的心，承担得太重了。

大雄宝殿上，释迦牟尼盘腿而坐，合目下垂，大同情与大怜悯心沁出眉心眼角，让人见了，怦然心动，无来由地有些感动。现实生活中，众生忙碌，各为自己，有几人顾及天下苍生？有几人俯首滚滚红尘？

为了众生，舍弃一身富贵，仅此，就可为圣，就可为佛。

印度有释迦牟尼，中国有孔子，高山俨俨，犹如雨中的支提山。

华严寺内，有千尊小佛，最为引人注目。这些佛虽小，却须眉俱显，小得精致，小得生动。人说，永乐年间，皇后礼佛，造千尊小铁佛送华严寺，乘船过海，风浪陡起，船上人怕船过重，就将部分小铁佛扔入海中。待到华严寺，才霍然发现，扔掉的铁佛，都出现在此寺里。因此，人称千佛为"飞来佛"。

书中记载，华严寺远早于明代，建于唐代。

也就是说，小杜漂泊江南时，一定登过支提山，来过华严寺，听过这儿的钟鸣。"南朝四百八十寺，多少楼台烟雨中"的诗句里，也一定有华严寺的影子。

今天，沿着小杜的脚步，我来到支提山，游览华严寺。然后，在雨中挥挥衣袖，悄悄地，悄悄地离开这儿。

雨中，只有支提山高耸，只有华严寺静卧。

赤壁一轮月

不敢去黄冈赤壁，一直心中忐忑，怕去了，和苏轼笔下的风景殊异，大是失望。可是不去，又仿佛欠着一笔债，一笔文化的债。

黄冈赤壁，永远是读书人心中的千千结，怎么解也解不开。

今年春季，去了黄冈，拜访一位友人，更主要的是了却心中一桩夙愿：观赏赤壁——看现在的，也看九百年前的；看今人的，也看古人的。有人说，"天生赤壁，不过周郎一炬，苏子两游"。黄冈赤壁，无论有没有周郎的一把火，三国那片烟，都已经不重要了。因为，它必将不朽，因为在九百多年前的一个月夜，在"白露横江，水光接天"的晚上，一个人，大宋朝的一个谪客，长衣大袖，飘然而来。

那时，黄冈赤壁，注定会翰墨流香。

那夜，黄冈赤壁，注定会珠玑昭日月。

因为，它以它的雄奇，它的巉岩峭壁，它的随风流逝的史事，和一个大师心中的巨涛骇浪产生了撞击，碰撞出如山的激情。那激情排空而来，呼啸而去，最后凝成一线，注入那支如椽大笔，化为一首词，化为两篇赋。这，是文学史上的盛事；这，更是五千年文明的一件盛事。

就此一点，黄冈赤壁就是一轮月，文学史上的一轮明月。

游黄冈赤壁，应在"七月既望"，因为，那时赤壁"清风徐来，水波不兴"，一派娴静美好。当然，也可以在十月，看赤壁"江流有声，断岸千尺；山高月小，水落石出"。此时，一二友人，相携而来，指点山水，倾听箫音，更有一种怀古之感。黄冈赤壁，是一处怀古的好地方。

可惜，我们来时，不是那时，而是烟花三月。

三月的赤壁，没有苏轼笔下的清寒，也没有那种"乱石穿空，惊涛拍岸，卷起千堆雪"的雄浑。水很清很静，汪汪一脉，如女子的眼波，一闪一闪的。水的那边，就是赤壁，并不高峻，也不惊险，可是山岩如血，如夕阳泼洒，如丹砂涂抹，一片赤色。一片刀枪叩击声，一片金铁交鸣声，顿时灌满双耳。

江山如画，一时多少豪杰！

苏子，也是豪杰之一。

山，有武赤壁，有文赤壁；人，有武豪杰，也有文豪杰。武豪杰，如韩信、周瑜，长剑所指千人皆废，叱咤风云，"樯橹灰飞烟灭"。而文豪杰，泰山崩溃，面不改色；刀刃相向，不会低头，用苏子的话说，"卒然临之而不惊，无故加之而不怒"。他说的是张良，又何尝不是说自己？功名利禄难夺其志，关押打击难改其心，放逐排挤难毁其节。

在文坛，苏轼顶天立地，给历代文人竖起一尊楷模。

赤壁的春天，山青得让人心醉。那绿叶，那青藤，那竹叶，仿佛吸尽天地灵气，吸尽日月精髓，绿得能冒汁儿，映绿人的眉眼。鸟儿的鸣叫，在绿荫中传来，在繁华里零落，一声又一声，押着韵，带着平仄，珠圆玉韵，落地生香。

我们静静地走着，脚步声很轻很轻。

一路行来，进了大门，二赋堂、留仙阁、坡仙亭，亭台楼阁，一片古朴，一片厚重，一片庄严。这儿，简直是一片文章的山水，一片诗词的园林，一片书法的天地。人，此时不是置身于山水，而是在文学的殿堂徜徉，在文学史中穿行。

历史，如此眷顾黄冈赤壁。

黄冈赤壁，又是如此重视那次机遇。

这是一种天缘巧合，造就了这处历史文化胜境。

在广场的竹林边，我们看到他，黄冈赤壁之魂——苏轼。他站在那儿，峨冠博带，衣衫随风，背负双手，一派飘逸，一派闲散，一派潇洒。九百多年了，他仍立在赤壁之上，笑对春风明月，笑看潮起潮落，笑望如画江山。

青山如昔日，楼阁仍风雨。

站在苏子雕塑前，我们徘徊往复，难以自己。

真应当感谢黄冈，感谢赤壁这片山水，在大宋朝万水千山都容不下文化的时候，在大宋朝举国上下都容不下那位绝世天才的时候，是黄冈，用赤壁这方水土，收容了一个从乌台监狱走来的犯人，安慰着一颗伤痕累累的心，从而，也诞生了宋朝最优美的文章，中国文学史上最优秀的篇章。

苏轼，是人中明月。

黄冈赤壁，则是中国文化的一轮皓皓之月。

龙游湾，微型江南

有人说，龙游湾，是一首宋人小令。

有人说，龙游湾，是明代公安派的小品。

这些，都是言其小，玲珑美好。

我却认为，龙游湾是一处微型江南，是"二十四桥明月夜"中水乡余韵，是黄梅戏悠扬水袖飘摇的断桥西湖的精装版。

如果在江南，一个龙游湾，会让江南任何一湖一水逊色，躲在深闺，羞于露面。

然而，它不在江南。

它在西北，在沙漠，在"北陆苍茫河海凝"的瀚海，在沙尘浩荡的塞外，在"天似穹庐"的旷野。

它是沙漠中的一个盆景，虽小，却剔透灵秀，清新明媚，如粗犷沙漠中的北国胭脂，却扇一顾，倾国倾城。

它是乌海的眼睛，明眸善睐，水光流荡，让人迷醉。

我们来时，是在夏季。此时，龙游湾是一片水的海洋，一片草的海洋，一片绿的海洋。从沙漠中来，从遮天尘沙中来，从单调一色中来，一时，我们站在这儿，有种如梦如幻的感觉。

龙游湾的水，来自黄河，可并不浑浊，很净，净得如婴儿的眼睛，如恋人的情语，如一段昨夜的梦。洁净的水里，映着蓝天的影子，还有一朵朵白云。北方的天，是一种一尘不染的蓝，一种响脆的蓝。此时，这种蓝都沉入水底。水，在六月的天光中，竟反沁出一种洁净柔和的光，一种仿佛被水过滤过的光。人站在岸上看水，得眯了眼。水光映在人的脸上，人的身上，晃动着，一闪一闪的。

这水，柔得如小家碧玉，温情脉脉。

这水，静得如一匹白纱，唯有一丝丝水纹颤动。

我们坐一条小船，真正的柳叶一样的船，在水上滑动，不敢动桨，怕一动桨，搅了这样温柔的水，这样沁心的静。

水边，是芦苇，北国的芦苇，沙漠中的芦苇。

芦苇很密，围着水，一层层铺展开，绿里散发着青葱，绿得冒汁，绿得醉眼。水边，也映出一圈儿绿；人的须眉，人的衣衫，都映上一层莹莹的绿。甚至，坐在船上，我们感到我们的人，自己的心都成了绿色的。

芦苇中有牛出没，有羊出没，"天苍苍，野茫茫，风吹草低见牛羊"的北国风光和山秀水媚的南国风韵，合二为一，也只有龙游湾一处，别处，从未见过。

芦苇丛中，传来鸟鸣，不时地有鸟飞起，几只一群，或者一两只一起，舒缓地拍着长长的翅膀，在晴空一洗中飞动着，在芦苇白水间轻盈地飞来飞去。然后，一敛翅，落入芦苇中，或站在沙洲上，啄着羽毛，抬着长长的腿缓步而行，绅士一样。

这，竟然是天鹅，难得一见的天鹅。

这儿，竟然是天鹅的乐园。

龙游湾，是黄河河曲的凸岸，夏季水涨，流漫而出，漾荡成泽。于是，乌海人因势利导，进行改建。一时，这儿水清如目，芦苇如眉，绿草如纱，风景如画。

有人说，江南是青花瓷。

那么，这儿，就是微型青花瓷。

江南的青花瓷，得益于山水风韵，得益于江河梅雨。那么，龙游湾这尊微型青花瓷，则得益于这儿独具慧眼的人，得益于一种匠心独运。

站在高处，隔黄河而望，不是袅袅炊烟，是乌兰布和沙漠，是长风万里，是"长河落日圆"，是"地脉平千古"，是唐诗中永远也传唱不尽的荒凉和豪壮。

低头抬头间，两种风景，映入眼帘，秀美壮丽，兼而有之，可谓奇观。

此时，落日已下，圆如巨轮。一切都淹没于夕光中，包括湖荡，包括芦苇，包括展翅飞翔的天鹅，也包括远处的沙漠。

我们，也该离开了。

今夜，我的梦将重新徜徉而来，进入这青花瓷般的意境，打捞起这无边的月色，无边的遐想，无边的美丽。

走过婉约的栈桥

十里水景花街，没看那景，单听名字，就很婉约，带着韵味，带着平仄，令人心向往之。

有文友邀请说，来看看吧，有长长的栈道，有红顶的房子，有蓝蓝的天。我笑笑，故作不屑地道：这些，哪儿没有，为什么要去你那儿看？

可是，一个笔会，我去了。

完事后，顺道走大连，第一次来到这座洁净如洗的城。朋友接着，得意地问："咋样？"我抬头看看，天，是一种幽静的蓝，一种清新的蓝，有点像俄罗斯少女的眸子，蓝中罩着一片梦幻。站在这样透明的蓝中，人，顿时也变成透明的了。

真有点妒忌友人，住在这样的城市里。

第二天，去大连西郊森林公园。特意地，友人带我去了十里水景花街。一走入景点，人顿时失语：世间有些景，是说得出美的；有的，则说不出——就如女子，有的美是能指出来的，诸如鼻子眼睛等；有的，是骨子中透出的美，说不出，只能低眉敛首，发自心底地赞叹。

十里水景花街的美，是说不出的。

这天，是个小雨如丝的天气。

朋友说，可惜了，要是晴天，白云蓝天，黄叶长河，在长长的栈道上一边走着，一边东望望西望望，才是最美的，最写意的。

可是，我则相反，觉得在雨中，尤其在细雨中看十里水景花街，最是相宜。

　　大连在北方，到了初秋，已是一派浓浓的秋光。山，纤瘦了一些；叶子夹带一种岁月苍老的痕迹，透出一种或黄或红的意韵。此时，打一把伞，走在十里水景花街，走在栈道上，有一种古词里也寻不到的意味。

　　栈道窄窄长长的，有一种杜牧文中"廊腰缦回"之意，给人一种纤细感，一种秀气感，一种楚宫佳人之感。远处，是白白净净的房子，红红的屋顶，高高低低错落着，掩映在红叶深处。正看着，楼槛那边，忽有笑语飞来："嘿，下雨了，好凉啊！"声音清爽，在雨中荡漾开来，沁入远处的雨色里。

　　栈道侧旁，就是水。水不大，但很净，也很亮，如一匹白纱，缓缓地流着，几乎感不到它的流动。可是，有水纹呢，一弯弯地向下弯曲着扩散着，让你感觉到这是一泓活水，一泓脉脉荡漾着的水。

　　水很柔，有种弱不胜衣的纤细感。

　　水很净，水中一沙一石，甚至小小的鱼儿，都历历在目。

　　水很有温情，虽然细雨中，有薄薄的雾罩着，可水光仍摇曳着，一闪一闪的，如多情女孩一眨一眨的目光，透着羞涩，透着温馨。

　　丝雨落下，水面上有一圈儿一圈儿的波纹。水，如穿了纱衣一般，隐隐约约，透肤润心，梦幻一般。让人见了，无来由地产生一种怜悯，一种痛惜。

　　这样的水，这样的栈桥，在细雨中淡出淡入，是李清照的小词吧。

　　我们靠着栈桥，望着水，水清润了我们的心，润泽了我们的灵魂。在这儿，有这样一泓好水，山、树、栈桥，都灵动起来，活泛起来。

　　"水是眼波横"，是宋人的词，说的该就是这样的水吧？

　　如果水是眼波，那么，远处一撇一皱的山真成了修长的眉毛。山上林中的屋子，该就是眉间的一颗美人痣了，还是红色的——朱砂痣。水边草树，犹如眼睫毛一样，密密匝匝地拢着水，拢出水的千种娇媚万种情态。

　　栈桥，则是这女子的一条丝绸飘带了。

如果，十里水景花街是人，一定是那位倾城倾国风华绝代的女子，是那位黄梅戏里温柔多情的白娘子。那么，我愿意打着伞，就这样一直走下去，走成一位无怨无悔的书生，和她相伴一生。

可惜，我不是。

可惜，我还得离开。

只有雨，烟一把雾一把，带着我离别时的忧伤和不舍，没有底止地四处飘荡着，遮住了十里水景花街。

挥别不了的西栅

一

西栅的水很薄很薄，薄得如昨夜的梦。梦里，总有一丝撩不去的羞涩，总有一缕淡淡的波纹，隐隐约约地遮着水面，遮着西栅水洁白纯净的心思。

西栅的水很柔，柔得好像承载不了一点儿重量。船儿在水面滑过，只有轻微的桨声，哗啦，哗啦，一径里走向迷蒙中去了。

豆绿色的水，如豆绿色的绝细的丝绸，遮挡着西栅水的明亮，西栅水的深邃，就如新疆美女的脸上罩了一层细白的纱一样，让人明明知道很美，可又说不出怎么个美，总想伸手掀开那白纱，一睹绝世容颜，可又不敢。

游乌镇，尤其坐一只乌篷船，滑行在西栅的水面，就有这种忐忑的心情。

西栅的水，能撩人心神。

西栅的水，能牵系人的一缕念想。

这一脉糅杂着豆绿色的水光，如果是美女的眼眸，一眨之下，可以倾城；再眨之下，一定会倾人之国吧。

做动物，就应做一尾鱼，做西栅水中的鱼，悄悄地，悄悄地鼓起鳍摆着尾游荡在西栅的水里，逗起几朵水花，鼓起几个水泡。

做植物，就做一茎青嫩的水草吧，在西栅的水里舒展着身姿，轻轻漂摇着，一直漂摇到天荒地老。

即使做一个无生命的东西，我也愿做一只乌篷船，在乌镇西栅的水面上，一桨一桨，一直滑向雾里，滑向两岸木楼林立的河道深处。

更何况，水上有歌声，有一弯一弯的桥。水边有水车，有青葱的树。更何况，还有西栅的水和我相偎相依，柔不胜衣。

二

水的两边，是木楼。

乌镇西栅的木楼，下半部都一律立在水里，大多如吊脚楼一般。水面以上，则高低错落在一起，做依偎状，做倚肩搭背状，如一群观水的女子，生怕一不小心跌到水中一般，哎呀一声，拥在一起。坐在乌篷船上，行走在乌镇西栅的水上，两边的木楼，总让你想起"无端隔水抛莲子，遥被人知半日羞"的采莲女，想起"帘卷西风，人比黄花瘦"的闺秀。

西栅木楼，有一种温柔美，一种蕴藉美，它们，就如一个个从采莲曲里走出的女孩。

其他水乡小镇，我去过的也很多，大多是粉墙黛瓦，崭新如洗；朱窗绿漆，色彩鲜艳：一如现代的风尘女子，短裙皮鞋，霓虹灯影里，描眉点唇，眼波飞动，唇色如血。

西栅，则完全相反。

西栅的木楼，一任天然，如二十四桥学吹箫的女子，毫不矫情，毫不做作。

西栅的木楼，婉约，简练，如西湖边断桥上走在三月细雨里的白娘子，情态柔弱，水袖飞扬。

西栅的木楼，是长箫中吹出的乐音，是黄梅戏中咿呀的唱词，是阿炳二胡中播撒的《二泉映月》，是宋人的小词唐人的绝句。

虽然，它的年代久了，可是，因为古，才给人一种渭城作别灞桥折柳的古韵美，才给人一种"旧时王谢堂前燕，飞入寻常百姓家"的怀古感。

三

乌篷船，在西栅水面上滑行着，它永远那么轻轻地摇，轻轻地摇。把西栅的桥，一座座串联起来，组成一幅连环画，一页页翻过去。

桥，是西栅风景的窗户。一处处景色都躲在窗里，好像女孩在梳妆，在对镜贴花黄，在等着唢呐响起，然后身着嫁衣款款走出。

坐着乌篷船，滑行在水上，你永远也不会知道，前面将出现什么美景，什么诗韵，一个个悬念，紧扣着游人的心，也吸引着游人的眼。

一处处桥，就成了一处处画框。

一处处桥，就成了风景掩映的门窗。

通济桥如月，映一派丰满，桥联上曰"寒树烟中，尽乌戍六朝之地；夕阳帆处，是吴兴几点远山"，读罢，一种"山河依旧，物是人非"之情悠然不尽，漾上心头；仁济桥曲折，弯弯一撇，如一条彩虹划过水上，自有一段风流韵致。两桥靠近，直角相连，桥洞套着桥洞，在水波里荡漾，就是著名的"桥里桥"。读雨桥的木楼，秀挺而古朴。如在雨中，有这样一间雅致的书屋，深秋之夜，雨声渐沥，握一卷书，静静地阅读，真有一

种"雨中黄叶树，灯下白头人"的诗歌意境。

最美的是定升桥，一桥三洞，卧在水面上，桥侧古树高耸，翠叶浓绿。桥那边，舜江楼耸立着，与桥相伴。尤其晚上，华灯溢彩，三个桥洞如三轮圆月，在水面静静升起。这时，坐一只船，滑过桥洞，再吹奏起一支箫，正有一种凌风摘月羽化登仙之感。

桥的这边和那边，景致绝不同，绝不呆板，简单中有变化，典雅中无单调。

桥的这边是垂柳吧，那边总会有栏杆，有水乡女孩袅着细腰在搭晒衣服。这边是一级级台阶沿水升起，直达木楼，有人走下来浣衣，也有人走下来淘米；一过桥洞，那边则是大树垂荫，清凉蔽日。

水边的木楼上，有木格花窗不时开启，总有白白团团的脸儿露出，一笑，让乌镇西栅一片水色，嘹亮无比。

"跫音不响，三月的春帷不揭，你的心是小小的窗扉紧掩"，这诗中的女子，该就是乌镇吧。那么，我此刻的心情，大概也如《错误》中"我不是归人，是个过客"一样，揣着一丝失落。

因为，我要离开乌镇，离开西栅了。

四

离开乌镇的西栅，也应该在水上，也应坐一只乌篷船，任乌篷船在水面漂摇，任一缕挥不去的愁绪在心尖缭绕，就如当年离开这儿的一个书生一样。

当年的那个书生，一袭长衫，一支笔，走出乌镇西栅的故居，走下沿水的台阶，不知是在早晨，还是在黄昏。那时乌镇西栅的水，依然是豆绿色吧？薄薄的，如一夜初醒的梦吧？或酽酽的，映着落寞的黄昏吧？

他离开时，邻家的女孩一定袅着腰，也在浣洗衣服吧？

他离开时，白发老母站在楼前，嘱咐过他早日归来了吗？

他轻轻跳上乌篷船，船儿发出"咚"的一响，然后，桨声"哗——哗——"地拨动着水流，豆绿色的水面上皱起一丝涟漪。他挥着手，沿着这条水走了出去，漂泊四方，去武汉，到上海，进北京，最终走成文坛的一座高峰。

离开这儿时，他的心中也如我此刻一样吧，缭绕着一缕拂不去的忧伤。只不过，他是离家的乡愁，我是依恋和不舍。

茅盾，是乌镇永远的游子。

这样的游子，在乌镇很多，列举出来，长长一串，有沈泽民、卢学溥、严独鹤、汤国梨……长长的一串，在中国历史的长河中撒落着，如昨夜星辰，熠熠生辉。

这些大师离开时，大概也都怀揣着一缕剪不断的忧愁吧？

其实，生在乌镇，长在乌镇，或是来过乌镇的人，离开时，哪一个不都怀揣着一缕离愁，坐着乌篷船，悄悄地挥袖离去。无论游子，无论过客；无论大师，无论常人——概莫能外。

因为，要离开的是乌镇呢，是水墨画一样的古典风景，心中，能无那一缕鹧鸪也叫不断的愁绪吗？

游井冈湖

水至柔，又至坚。水至清，又至净。这是一位文友说的。他说，可惜，天下之水，难以两者俱全，四美皆备。

这是因为他没有看到井冈山的水，换言之，没有游井冈湖。

游井冈湖，得先看水口瀑布。

一串石阶，一片藤蔓，还有映眉沁衣的绿，和绿色中流荡的一声声鸟鸣。走在山里，虽然阳光如洗，可额头却不见汗。

这么绿的山，这么净的空气，浑身一片透凉，一片透亮。在这青山绿水中，人，仿佛也变成绿色的了，变成了山里的一茎草，一朵花，一片绿叶。

导游小姐道，到了，水口瀑布。

有水鸣声，如马蹄腾踏，如壮士高歌，如战鼓震响。抬起头，一面瀑布从高空直跌下来，划作几绺儿，烟一把雾一把，把一种金戈铁马的气势，把一种舍身赴死的豪壮，都展现无遗。

人，站在这儿，一时失语。

谁说水柔？谁说水缺乏男儿情壮士胆？井冈山的水啊，在水口，呈现出刚性，呈现出坚毅性，呈现出一种滴水穿石撼人心魄的韧劲。

瀑布两边，叶翠如洗，花色欲燃。

站在这儿，让人不禁浮想联翩。那位伟人当年，金戈铁马之余，是否曾来过这儿？是否曾看过这儿的水？是否用他那如椽之笔，吟诵过这风姿跌宕的水？

当年的战士，烽火硝烟间隙，是否在这儿沐浴过满身征尘？是否在这儿打过水仗？

伟人离去，往事老去，山水依旧。让人想来，不禁为之神张心驰，久久不愿离去。

如果说，水口瀑布的水是刚性的，是豪放的。那么，井冈湖的水则是温柔的，婉约的。

沿水口瀑布步行二十多分钟，一片湖静静地卧在群峰间，如一个山里的妹子，眨着亮亮的眼睛，在笑迎着远方来的客人。

井冈湖的水太蓝了。

因为，它倒映着蓝蓝的天。不，应该说，它裁剪了一角天空，藏在怀里。因而，蓝天白云，展翅白鸟，都一一在水中映现。风轻轻吹衣，也拂动着水面，有丝丝的波纹，就如昨夜的梦，细小得让人触摸不到，一直泛向湖的那边去了，泛向青山的那边去了。

井冈湖的水，又在蓝中透着一种清新的绿。

这儿的树，有毛竹、杉树，还有松，一棵一棵，绿得含蓄，绿得张扬，绿得漫山遍野。沟谷山头，坡上崖边，绿涛阵阵，翻滚而来，一起涌向湖里，一起倒映在湖里。湖里的水，于是叠显出苍翠，叠显出青绿。站在湖岸边，向远处望去，阳光下的湖面，从远处一直延展到眼前，依次呈现出深绿、翠绿、嫩绿、浅绿……那绿啊，绿得清新，绿得明目，绿得让人心醉。

夕阳下的湖水，轻轻地荡漾着，发出窸窸窣窣的声音，就如多情女子羞涩的叮咛。

湖里，有鱼儿游动，搅活一片清水。

做井冈湖的一尾鱼，该是多么幸福啊，和青绿为伴，和山歌为伍。即使不能吧，就做井冈湖里的一茎水草吧，随水摇曳着，招展着，也是一种无以言传的享受。

可惜，我们不是，只是一群游客。

可惜，我们马上就要走了，挥挥衣袖，就要离开这儿。

下山途中，远远的山上，不知何处传来歌声："一送（里格）红军（介支个）下了山，秋风（里格）细雨（介支个）缠绵绵，山上（里格）野鹿声声哀号，树树（里格）梧桐叶呀叶落光——"歌声柔婉，多情，让人依依不舍。

井冈湖的水啊，大概就是那个歌中多情的妹子吧？水口瀑布啊，大概就是那远行的红军哥哥了？两水相依，一水温柔，一水刚强；一水多情，一水豪放：这才是井冈山的女人和井冈山的男人。

这，才是井冈山的真正的水。

临海的脊梁

看临海，应看临海的古长城。

古长城，是临海的脊梁，是一个民族的脊梁，是五千年文化的脊梁。

大江如目，青山如眉，在天青色的江南，显得那么秀气，柔媚。而临海长城，则如微微皱起的眉弓，如若隐若现的怒气。临海，显得太温柔，太水意弥漫了。有了这长城，温柔之中，顿显霸气，显出昂扬丈夫气。

北国长城，如对壮士舞剑，英雄悲歌，在苍茫之中，给人一种壮怀激烈之感。

面对绿叶掩映中的临海长城，则给人一种风流倜傥，一种"江南游子，把吴钩看了"的儒将之风，如周郎弹琴，如词客举酒高歌。

沿着"雄镇东南"的牌坊走上去，一级级台阶，在满山绿色里上升，让人见了，顿生一种高山仰止之情。江南的天，是青花瓷一般的天。江南的景色，水墨画一般。江南的山水，尤其临海的，只适宜在高高的亭子间倚栏清唱；或者，拿着一支长箫，在绿树阴浓中，清幽地吹奏一支忧伤的曲子。

临海，是一首唐人的绝句。

临海，是宋人的一阕小令。

临海是个微型江南，不乏风流气韵，不乏翰墨之意，也不缺乏那种"君家住何处，妾住在横塘"的清新多情。

这儿，唯独不适宜于有刀剑之声，有杀伐之声，有鼙鼓号角之声。

可是，这儿却有了，有了长城，有了瞭望孔，有了火炮，有了雉堞，有了阁楼。

沿着台阶一步步走，站在城墙上向下望去，大江犹如女孩的眼睛一般，眉眼汪汪，在白亮亮的阳光下流动着，一直流向远方的天际。江边的高楼，江中的船只，小如蚂蚁，但是历历在目，清晰如画。

江南美景，向来盛产才子佳人。玉树亭台，山温水软，最是文化锦绣之乡。有诗人曾经吟唱："凤阁龙楼连霄汉，玉树琼枝作烟萝。几曾识干戈？"

可是，临海就识得干戈；临海，就回响过杀伐之声。

一道长城，江南的长城，在时时提醒着一个民族：美，是最容易被破坏的；幸福，是一件青花瓷，一件易碎的艺术品，得时时磨砺刀剑，整理弓矢，小心呵护。

走在长城上，山上的绿色，映着眉眼，映着衣襟，也映着这古老的长城。一路上，随着脚步，景色不停变换，百步峻、白云楼、城隍庙、望天台、烟霞阁，如连环画一般。一直走到巾山处，大家加快步伐，走下城墙，去看瓮城。临海瓮城，面对海水，不同于别处，别处为方，此城为圆，既好看，又缓解海浪的冲击力，更起到了防御效果。一举三得，别出心裁。

站在瓮城上，手抚城砖，我的耳旁无来由地响起惊天火炮声；我的眼前，无来由地映现出一群汉子，一群健儿，在倭寇横行时，举起刀矛，点燃火炮，向肆无忌惮的杀戮者发出震天吼声。

江南女孩，文秀中有钢骨，如击鼓战金山的梁红玉。

江南汉子，雅洁中含铁血，如横刀跃马的楚霸王。

临海，也不乏这样的人。他们的身体，和长城一起隆起；他们的灵魂，和映日的刀矛一样坚硬；他们的吼声，和大炮一起轰鸣。

几百年前的临海长城，一群汉子云集，刀枪如林，战袍如云，身躯如

松。在这儿，历史记住了临海，也记住了这群血性汉子，九战九捷，以血还血，以刀锋回答刀锋。"一年三百六十日，多是横戈马上行"，不是横戈马上，而是横戈长城上。在外敌入侵时，不是戚将军一人，而是千百男儿浴血此地。

有人说，临海长城，是八达岭长城的蓝本。其实，临海长城，也有蓝本。它的蓝本，是中华民族的脊梁，是一个民族不屈的精神。

与镇江的风缘

一

如果说，江南是美女，镇江就是美女中的绝色，一顾倾城，再顾倾国。自己一介寒儒，面对绝色美景，自是有种忐忑心理，有种自惭形秽的心理。

如果说，江南是青花瓷，镇江则是瓷中瑰宝，泛着淡淡的青釉色。自己生怕去了那儿，自己一不小心玷污了这绝美之景，对江南文化，对历史文化，都是一种深深的罪过。

镇江，是江南文化的极致。

镇江，是中国文化的极致。

有时，对着诗歌里歌咏着的镇江，竟然无端地傻想，镇江究竟是什么？假如是一轴风景，它就是王维的青绿山水；假如是一阕词，它就是李清照笔下的婉约小品；如果是一首乐曲的话，它就是二胡咿呀中的《二泉映月》。

二

镇江的一切山水，都是属于诗歌的，属于文字的。

因此，走在镇江，走在这儿的山水间，走在平平仄仄的小巷里，一不小心，就会踏上古人的脚印，就会踏上诗人的屐痕，就会和古诗词撞上一个面。一时愣怔不醒，待到导游小姐说，这儿是王湾船只经过的江水时，才猛然醒悟。旁边的山，就是中国文化中享有盛名的北固山，不由得低声吟诵起"客路青山外，行舟绿水前"的诗句，一颗心也就飘飘悠悠的，飘到唐代，飘到那个千年之外的晚上。那该是一个春节的晚上吧？诗人王湾坐着一只小舟停泊在这儿，也停泊在江南的诗歌中，停泊在翰墨的芬芳里。

那时，江南依旧青葱，山水依旧洁净，可故乡却在远方，思念在远方，于是，诗人提笔写下《次北固山下》。而今，江南依旧，北固仍如当年，诗人远去，风景如昨，让人面对此景，不由得生出悠悠古思。

在这儿，不只有王湾的诗歌，引人幽思，在古渡口，你会青衫飘飘，高吟"春风又绿江南岸"；在北固亭上，昂首北望，也会悠然想起"千古江山，英雄无觅，孙仲谋处"的句子。

唐人宋人的文化如双峰对峙，成为中国文学的双子星座，而在镇江，他们也各自飞扬着文采挥动着竹管笔，吟咏着各自的感受。王昌龄、许浑的诗，辛弃疾、陆游的词，是镇江的名片，不，应当说，镇江是他们诗词的名片，是中国文化的名片。

在这儿的寒雨连江中，你可以学习王昌龄，独立山水，一望茫然，一片冰心，玉壶洁白。

在这儿的星光月下，徘徊金陵渡口，看对岸两三星火，你一定能找到唐人眼中的瓜洲。

至于红叶飘飘、寺钟悠然时，你也可雇一只船独游江上，或弄一

支笛，吹着《落梅花》的曲子，将一腔幽思吹得落梅一样，彻天彻地地飘荡。

三

做镇江人，是一种福分。三国烽烟，古人身影，一般人只能在竖行文字中寻找。可是，这样毕竟显得虚无缥缈，有一种心痒难挠的无奈。

镇江人不，出门即三国，招手即古人。

"年少万兜鍪，坐断东南战未休。"在这儿，孙权投袂而起，仗着父兄基业，凭着江南才俊，刀枪如林，战马嘶鸣，走上北固楼，遥望中原，有气吞山河之志。以至于多少年后，词人辛弃疾来到这儿，犹自由衷赞叹："天下英雄谁敌手？曹刘。生子当如孙仲谋！"

在这儿，一曲曲三国大戏频频上演。

周瑜划策，劝孙权以妹嫁于刘备，羁縻其志。于是，这儿的甘露寺，让游人走过时，浮想联翩，以手抚柱，犹闻当年三国英雄盔甲铿锵声。

孙权为讨要荆州，曾暗禀上苍，异日如能夺回荆州，吾定能砍断此石。于是一剑下去，将面前石头剁开。这儿就有一石耸立，见证着一段传说，也见证着一段历史。

北固山后一山寺，绝高如簪子，上有一亭，就是海内闻名的北固亭，是古文化的北固亭，也是古诗词里的北固亭。此亭古朴至极，四根石柱，顶着翘翘的檐脊。该亭，又叫祭江亭，传说刘备夷陵大战战败后，孙夫人闻之，在亭上浑身缟素，对江大哭，跳江殉情。

人言北固亭：峰巅片石留三国，槛外长江咽六朝。

镇江就是一部历史，一部立体的历史。如此江山，英雄折腰，历史如水远去，而传奇却在每一寸山水间演绎。

镇江人，走在三国故地，让我们羡慕不已。

四

镇江山水里有铁血，也有温柔；有历史，也有传说；有"金戈铁马，气吞万里如虎"，也有婉约的哀愁，丝弦如诉的缠绵。

一曲白娘子，让一个民族泪眼迷蒙。

一曲"狠心的官人啊，端阳酒后你命悬一线，我为你仙山盗草受尽了颠连"，让千年戏曲水袖淋漓，水意迷蒙。

在金山，在金山寺，白娘子把江南女子的温柔，还有刚烈，演绎得淋漓尽致。她白衣飘飘，水袖轻扬，为了爱，为了幸福，不怕化身为蛇，不怕冒死盗灵芝仙草，不怕和法海斗法。

最终，被压在塔中，也无怨无悔。

多少年后，这个传说，用黄梅腔唱出来如怨如慕，如泣如诉，演员上场，轻轻一声托腔，带着江南女子的身段，带着江南女子的眉眼，水袖一扬，倾倒了一片汉文化润泽的人，泪水如珠，润泽一方多情的心田。

"舞榭歌台，斜阳草树"，是镇江的美丽；"寻常巷陌，人道寄奴曾住"是镇江厚重的历史；"紫蒲低水槛，红叶半江船"，是镇江的清幽美好；"树色中流见，钟声两岸闻"是镇江的安详与和平。

高兴时你可以去镇江，因为"丹阳北固是吴关，画出楼台山水间"，人在画中，仰天长啸，心也化为一只白鹤，舒翅而飞，逍遥自由。

沉闷时你更应该去镇江，一人一杖，看尽江山，徜徉山水，"因过竹院逢僧话，偷得浮生半日闲"，一番畅谈，将一腔红尘烦恼丢给天丢给地，丢给飘游的白云。如此江山人几何，一身沉重则愧对人生，愧对镇江山水。

镇江，永远是一个文化的结，去的人离开时恋恋不舍；没去的却牵肠挂肚。如此说来，做一个镇江人，真的很好！

烟台山看海

芝罘，靠近大海，水波荡漾，无边无际，一直延伸到天边，延伸到视线的尽头，蓝汪汪的，如天空，如平原，如一个没有边际的梦。

在芝罘，看海最好的地方，应当是烟台山。

烟台山，是一个微型的半岛，伸入海中，一片青绿，远远看去，玲珑剔透，婉约葱茏。如果说，芝罘是诗歌，那么，烟台山就是唐人绝句；如果说，芝罘是小说，那么，烟台山就是一篇洁净的小品文。

烟台山，让人百读不厌。

在历史上，烟台山就是一处风景名胜，古时，叫梅麓，漫山遍野，遍植梅花，一到梅花盛开时，山岭之间，胭脂点点，香气缭绕，沁人心脾。想想，那时，如果在梅林中，身着青衫，拿一卷诗书，轻轻地踩在落花上，真有一种"落花人独立"的感觉。

人言，当年这儿还曾建过烽火台，为防倭寇。

其实，我觉得，如果不建烽火台，将会是烟台山永远的遗憾。烟台山不高，可是，挺立海边，自有一种威武挺拔的气势，一种居高临下的威严，给人一种壮士拔剑仰头问天的情形，给人一种独立苍茫毫无沮丧的神态。

有烽火台，和它恰是相配。

有烽火台，才和它相得益彰。

想想当年，在这儿，烽火台上，狼烟燃起，袅袅一缕，直划云天。戚家军将士，盔甲如水，戈矛映日，角声漫天，喊声动地，在旭日东升时，或夕阳西下时，和这剑拔弩张的烟台山，互为衬托，一定会有一种"醉里挑灯看剑，梦回吹角连营"的豪壮之情吧，一定会有一种"八百里分麾下炙，五十弦翻塞外声"的英雄之气吧？

而今，烽火台不存，烟台山独立，仍日日眺望海天，眺望远处，眺望烟雾茫茫的早晨或落日夕照的黄昏，是在等着那些远行的健儿再次回归，还是遥望云天一线是否还有倭寇帆船？

山高之处，人可为峰。

看海，就得登上烟台山。

面前，涛声起伏，雪浪腾空。烟台山下，礁石林立，海水涌来，自会喷珠溅玉，雪花朵朵，携带海风。

海水越远，越是平静。远远望去，水面平滑，很蓝很静，也很温顺，阳光漂在水面上，亮得耀眼。站在那儿，看得久了，只感到一颗心也变得空空静静的，好像一片海水，在阳光下蓝得轻盈，蓝得透明，蓝得不着一点痕迹。

在远处来，在繁忙中来，到烟台山看海，是清心静性的一种最好的方法，也是一种解脱劳累的好方法。

海上，不时有风刮过，海水粼粼的，产生无数的波痕，从远处天边扩散开来，一直扩散到脚下，显得那么柔，那么细腻，好像一个含羞的女子，在轻轻地吻着沙滩。

海上有船：近处如楼；远处如屋；再远处，小如一羽；到了天边，则如一颗小小的美人痣了。

海天间有一种鸟儿，展着翼翅，一下一下地飞着，飞得自由灵动，飞得潇洒旷达，毫无凝滞，毫不拖泥带水。别人说，那就是海鸥。我听了，睁大了眼睛，这是我生平第一次看见海鸥。

蓝蓝的天，洁净的海，白色的海鸥在洁净的空中飞着，一下又一下。

这一刻，我感觉，当一只海鸥真好，尤其是芝罘海面的海鸥。

烂柯山雨景

一

烂柯山，是属于古诗文的，属于古文化的，属于线装书的。

我爱游玩，可是，从不敢去新安，去烂柯山，怕去了，面对神山，却出乎想象之外。这样的事，太多了，很多山，在古诗词中读了，让人神思缥缈，心向往之，去了，面对一片俗艳，一片簇新，不由长叹："盛名之下，其实难副。"

可是，在一个春季，我仍然禁不住诱惑，禁不住朋友撺掇，一路衣衫带雨，眉眼拢翠，来到新安，来到烂柯山。

来的时间，是个细雨天，细细密密的雨，细如蛛丝，沾衣不湿。

我觉得，在这样的细雨天，游烂柯山更好，更有诗意：薄雾缭绕，如纱如梦，有一种仙意，一种幻境，和烂柯山的千年传奇，才相吻合。

烂柯一带的山，在春季里，很柔。

烂柯一带的花，在春季里，很净。

一切，都透着一种灵秀；一切，都泛着一种清爽；一切，都有着春天的洁净；一切，也都映衬着淡淡的绿。

远观烂柯山，是一幅大写意，张大千的。

二

烂柯山的盛名，得益于一个传奇：一个叫王乔的，上山砍柴，看到一个洞，洞中有人下棋，这个棋迷，也凑上前去观战。

一盘棋并不长，可是，这是神仙世界，山中一日，人间千年。王乔再转身，斧柄已烂，家人不在，物是人非。这儿，于是叫作烂柯山。

烂柯山，在中国文化中，就变得云雾缭绕，就显得神采奕奕起来，就让古文人津津乐道，让古诗文倾倒，让一切汉文化中走来的人心醉神迷。

烂柯山，也就在古诗文中优美着，神秘着，诱惑着每一个中国人，向每一个好游者招手。

想象中，烂柯山应该是这样的——

它很静，静得露珠落下，也能听得见"滴答"的声音，因为烂柯山"幽禽不复惊棋响"，一片鸟鸣，清如细雨，声声在耳，声声圆润；它很净，净得如水洗过一样，能映得出苍翠，映得出山的影子，因为这儿"深路转清映"，行走其中，眉眼皆绿，衣襟染翠；它掩藏着奇幻，充满了神秘，人行山中，时时幻想，会遇到个白衣飘飘的仙人，或一个白胡子老头，与自己交谈，或在那里下棋，因为，这儿是著名的烂柯山，是仙人养息之所，是仙人乐游之地啊。

千年，千年一瞬，我们来了。

远远地看着烂柯山的影子，在雨里苍苍皱起，真有种"落日千年事，空山一局棋"的感觉，有种"霓裳倘一遇，千载长不老"的渴望。可是，那下棋的仙人，观棋的樵夫呢？早已化为历史的一个传说，化为山涧的一缕白云，缭缭绕绕，流入千年之外了。

烂柯山，是一个怀古的好地方。

带着一丝酸楚，一种"前不见古人"的淡淡忧伤，走向烂柯山，感觉真好！

三

雨中烂柯山，有几分缥缈，有几分雨意，有几分仙境的气韵。

烂柯发生的地方，人说，在洞真观，又叫王乔洞。

雨中渐近，可以隐约望见，古柏参天，一派苍郁，一派葱翠，一派"楚国苍山古，幽州白日寒"的幽静。这样的景，才能和传说合拍。如果是一把小树，和新鲜的红漆，和金碧辉煌的建筑一起，就不免有造假之嫌。

千年物事，古则有味，旧则含情，苍柏古树荫翳蔽日则合乎生活。真不知道，现在一些人，把一些名山大川打扮得簇新，究竟何意？

苍松翠柏中，有古旧翘檐，斜斜一角，露出于荫翳中，在淡烟薄雾中，若隐若现，犹如鸟翅，几欲飞去。让人见了，不由遐想，那大概是仙人所骑的白鹤吧。仙人现在棋已下完，大概准备骑鹤飘摇而去，直上九霄吧。

那儿，就是洞真观。

洞真观藏在翠柏深处，依偎一处山腰，山水一抱，十分沉寂，也十分古旧。站在这儿，你能听见传说流淌的声音，能听见仙人的笑声，甚至能听见棋子叮叮的响声。

千年传说，已经老去，就如眼前的建筑，苔痕斑驳。

洞真观分南北二院。

南院石碑多通，石碑上字迹灭没，很难辨认。唯有一通上，隐隐约约可见"烂柯山真人仙迹乔仙洞"。传说，王乔观棋之后，醒神悟道，藏身此洞，化石成仙。站在洞外，一时浮想联翩，好像故事就在昨日发生，就在眼前发生，好像自己就是那个烂柯人，一时心神恍惚，几欲飘飘飞去。

北院中，古柏参天，细雨中，给人一种水墨画的苍古感。其中三棵，尤其古老、苍劲，身如铁铸，凹凸跌宕，透着一种岁月的沧桑，凸显出时间的永恒。树枝更是如铁，如钢，如盘曲的龙，云中吸水；如飞舞的鹤，伸嘴长鸣。树古，叶做苍黑色，桀骜不屈，毫无媚态。

仙山古树，非同凡品。

观中有一泉，名"香珠泉"，水亮如月光，清如少女的眼睛，净如婴儿的微笑。观中人言，此水"春温、夏凉、秋爽、冬暖，常有游客携器取水，返回后与家人共同品尝"。我喝了一口，一股清新之气，直透肺腑，让人浑身净白，连精神也是白的。

不知当年，王乔是否饮用此水。

不知王乔成仙，与喝这水是否有关。

四

回首时，烂柯山在缥缈的雨中，隐隐约约，犹如仙境。

游山之后，心中有一份空灵，一份满足，一份依恋不舍。友人问，感觉如何。我回答，是我想象中的样子。

烂柯山老了，近两千年的传说，应该是这么个样子，就如古诗，就如古书，就如翰墨飘香的古文化，给人一种旧，一种老，一种古的感觉。

因此，在古文化中，我们才会产生怀古之情。

因此，在古文化中，我们才会产生一种神交古人的感觉。

站在一片崭新中，一片俗艳中，那种古意，那种"青山依旧在，几度夕阳红"的哀伤，是无论如何也难以产生的。

这，大概是圆明园至今没有维修的原因吧！这，大概也是烂柯山陈旧苍古的原因吧！

扬州的月亮

扬州的月亮，一定很圆，很亮，很温馨。

这轮月，照过吴宫，照过"街垂千步柳"，照过"入郭登桥出郭船"，照过白衫飘飘的杜牧，照过落魄江湖的姜夔。

这轮月一定很白，清亮如水。在这样的月下，有菱歌声，有采莲女归来，她们的身影，在月下如一粒粒浮萍，青葱水嫩。她们的心，在月下，如一茎水草，轻盈飘摇。

扬州女孩是最美的，轻轻一笑，让人自失。扬州女孩，苗条如柳，轻盈如风，纤腰一握，临风起舞，让风流小杜，多年之后赞不绝口。扬州女孩，能歌善舞的，"千家养女先教曲"，朱唇一启，吴侬软语，温润生春。

扬州女子，是扬州最美的一轮明月。

扬州明月，是扬州最美的一个女子。

她们，相互映衬，相伴相随，须臾不离。

扬州女子坐船，那轮月亮就照在头顶，"小艇出港白衣湿"，映一层水色，使她们如荷花映水，弱柳扶风。扬州女孩清夜歌唱，那轮月亮，就挂在檐前，"霜落寒空月上楼"，白白一轮，剪下她们轻歌曼舞的影子。扬州女子相思时，那轮月亮，映衬着她们的泪光，映衬着"萧娘脸薄难胜泪"，让人心疼。

这轮月亮，曾映照着扬州女子所住楼台，"红楼月上时"，美丽着近水楼台，也美丽着远方游子的梦。这轮月亮，曾映照着扬州女子的窗户，

"高楼开窗玉腕横"，引得她们开窗望月，纤手微扬，让人断肠。

扬州月亮，总那么多情，那么水色氤氲，那么情致万千。

扬州女子，在这样的月下，总是那样的翩若惊鸿，净若白云。

这轮明月，照了高楼，照了板桥，照了阡陌小巷，也照了扬子桥。凡有扬州美女的地方，就有明月如霜，如水，如昨夜之梦。

扬州女孩夜游，月光泼洒一身，"月明衣上好风多"，伴随清风，吹衣飘飘，恍若仙子，清幽如梦，落尘不生。

扬州女子轻歌曼舞，月光就"银床露冷侵歌扇"，裁下她们的影子，映照在粉墙上，纤细，清晰，自然曼妙。

扬州女孩"灯前互巧笑"时，月光，流洒窗外，白白一地，纤毫毕现。

难怪杜牧一来，忘记归去。

难怪人言"天下三分明月夜，二分无赖是扬州"。

难怪孟浩然要雇一只船，挥别友人，孤帆远影，"烟花三月下扬州"。

因为，扬州有明明之月，有如月美女，有如许风韵美景。

尤其那一夜，那个遥远的唐朝夜晚。

二十四桥，一片水光，一群女孩，衣袂飘飘。一支长箫，一缕箫音，飘摇如丝，袅娜高空。这时，一轮明月高挂柳梢头，高挂亭子的一角，千里银光，满天挥洒，空中流霜，皓皓一色。箫声，如一丝银线，在月光下泛起层层涟漪，逗起一个个银色的水花，打湿了杜牧的诗，也打湿了我们后世人的心。

这样的韵致，这样的月光，只属于扬州，属于扬州的女子。

烟花三月，春光如酒，清风如纱，草色如毯，花儿如眼。这时，不敢下扬州，下了扬州，让人断肠。

三月的扬州，"园林多是宅，车马少于船"，水色温润，清清一片；

三月的扬州，"满郭是春光，街衢土亦香"，让人衣袖生香，木屐沁绿；三月的扬州，"春光荡城郭，满耳是笙歌"，让人神驰心软，醉卧不归。

下了扬州，你，就不想回家，就忘记了归家的路，就会如唐人一样长叹，"游人只合江南老。"

当然，其中让你最痴迷的，是扬州的月亮，扬州月下的女子，她们柔顺如水，"纤腰间长袖"，长带当风；她们清新自然，"画船飞过衣香远"，犹如白鹤横空，给你留下一撇美好的想象；她们多情，婉转，轻轻皱眉，"鬓蛾价倾城"，那种情态，婉约如雨。

这时，你会疑惑，是扬州的月亮优美了扬州女子，还是扬州女子优美着扬州的月亮。

或许，两者兼而有之吧。又或许，扬州女子，本身就是一轮圆满皎洁的月亮，亮在唐诗里，亮在宋词里，亮在中国文化的天空中吧。

人走古城

中原古诗人很少歌咏大理，因为，他们很少来这儿。

可是，一句诗，大理人自己的诗，很好地补写了古城的神韵，大气而不失柔婉，温润又饱含沧桑：一水绕苍山，苍山抱古城。

这水，就是洱海。

这山，就是点苍。

山水间，一座古城静静地卧着，多少年了，就这样静静地卧在西南一角，少有中原古城的烽烟，少有中原古城下的声声鼙鼓和厮杀声，在这秀丽山水的一角，静静地，卧成一处世外桃源，一处人间生活的后花园。

我很替唐末人惋惜，当时，战争频仍，屋舍为墟，为什么不鞭一匹马，任嗒嗒的马蹄一路南来，在这儿观洱海鱼，看点苍雪，甚或是登上高山，咏诗一首？

我也曾替宋朝靖康年间的人遗憾，金人的铁蹄，一路践踏，生灵涂炭，"小桃无主自开花，烟草茫茫带晚鸦"，只见残垣败井，不见人家。大理，当时一片升平，歌舞之声响彻夜空，他们为什么就不着一双草履，来此逍遥？

多少年后，我来到这儿，来到这块远离争斗的洁净之地，来到段和誉的故乡，来到高量成的故土，来到茶花的生发地，来到《五朵金花》歌声飞扬的山水，来看我心目中的大理。

这是一块神圣的土地。

她那么老，以至于不输于中原的任何古城，段思平、张胜温、李元阳，一个个名字，在历史的云烟中，熠熠生辉，擦拭不去。

她那么静，在中原历史深处，鼙鼓声声，金铁交鸣，战士血，苍生泪，交织横流时，这儿山仍青青，水仍白白，一片情歌响起，与天空的圆月交相辉映。

这儿不需要诗，因为，古城就是一首诗。

这儿不需要传奇，因为，古城就是一部传奇。

走在古城，街道，是青青的石板。城墙上，藤萝一抹碧绿，在告诉你，岁月是如何沿着这古城墙，一寸寸爬过的；当然，还有街巷，还有木楼，还有雕花镂空的建筑，如古塔，如寺庙。

时间，早已过去了千年，可是，风还是昨日的风，水还是往日的水，古城还是当年的古城。沿着街巷，一个人悄悄地走，不发一声地走。这时，一颗心也就变得清清静静的了，一袭说不清的忧伤，竟然微微地荡漾上心头。这，大概就是怀古之情吧。

走大理的小巷，最好选个细雨天。

大理多云，雨也不少，招手即来，多情得很。这时，在细雨中打着一把伞，轻轻走在古城小巷中，听着隔壁女子叽哩嘎啦地笑着，或者唱着"大理三月好风光哎——"，一颗心也跟着柔柔地飘，无尽头地飘。抬起头，墙头上，或招展着一簇儿花，或笼罩着一丛绿荫，让人的心格外熨帖，也格外宁静。

大理人爱养花，"家家流水，户户养花"，是真实的写照。其实，大理的女孩，就是大理最好的花啊。大理的山歌，也是大理另一种最好的花儿啊：随便哪儿，一声山歌响起，让人听了，都会心为之驰，神为之摇。

至于水，就在身旁流着，不喧嚣，不奔腾，款款缓缓，风情万种，映着花儿，映着绿叶，映着楼房，还有人儿。水太柔，以至于人不敢临流照影，害怕惊着了流水，她会害怕的，会羞涩的。

就这样，在细雨中走累了，漫步登上小楼，找一处靠窗的座位坐下，看风雨中的古城，一派迷蒙，好像一幅清淡的水墨画一般，轻轻在雨中晕染着，悄悄地润泽着，也是一种彻心透肺的享受。

当然，如果是上餐馆，最好是洱海边上，要点米酒，点上酸汤鱼、黄金片，一边吃着，一边喝着。侧头楼下，洱海上烟雨迷蒙，有船只不归，在雨中远去，再远去，一直进入烟雾深处，把自己的心也带进了烟雾深处。

烟雾深处，有山歌声响起："韭菜好吃不得连根拔啊，好玩的表哥不得在一家啊——"歌声柔婉如水，多情如雾，细腻如桌前放着的米酒。

一切，都那么和谐。

一切，都那么平静。

这，才是大理最美的地方，美得让人流连忘返，不忍离去；离去后，又辗转反侧，寤寐思服。

江南的小品——同里

一

江南如诗，同里，是诗中的绝品。

总想，有山如眉；有寺如痣；有水如少女的眸子，亮汪汪的，眨啊眨的，眨出无限的柔波，无限的风情：那样的景色该是唐诗中的意境吧？人间，何处能见？

来到同里，一时倾倒，目瞪口呆，了无一言。

是的，置身同里，不必要评说赞叹：语言，在这儿已属多余。你得默默地走，默默地用心去感受，或者，把整个灵魂融入到这山水月色中，以及青石小巷中，才能真正地感受到同里的美。

这里的天，在秋季里，明净得如情人的眸子，如爱情的语言。这里的水，嫩得如羊脂玉一般。着一身布衫，在这青山秀水间徜徉，携一袖清风，染一襟桂香，无限地舒畅。

一个身体，也在这山这水中轻盈如云，明洁如月，温馨如八月的桂子花香。

二

游同里，得游小巷，而且，是平常最无名的小巷。

无名小巷，在同里，如深闺女子，无人能识，但慢慢走去，蓦然一见，一时惊绝，疑为天人 。

游这样的小巷，雨天最好。

深秋细雨，帘幕千家，遮住山，遮住水，也把同里遮成了一幅大写意，不，如黑白片子里的一帧风景。

撑一把伞，走在同里小镇上，你，也就成了黑白片子中的主角。在细雨迷蒙中，慢慢地走，不急不缓，步步行来。雨，在江南的小巷，在同里的粉墙黛瓦间，显得多情而细腻，婉约而柔媚，让人断魂。

断魂，是一种多美的感受，在时下的红尘和铜臭中，何处能够？几人能行？而同里就行。一番漫步，一番长叹，一颗被尘垢污浊的心，变得轻灵了洁净了，竟仿佛能容下一片江南，如一枝沾雨盛开的荷，清香四溢。

更何况，在雨中，时时会传来女孩的笑声，如脆嫩的茭白，清香扑鼻，脆嫩可口。

笑声，在雨中渐渐远去，只有婉约的雨在下，只有同里在雨中悄悄地端详你。

当然，如果是晴日游同里小巷，最宜于清晨，或者黄昏。

清晨的同里，在雾中醒来，如晨妆的少妇，格外清新，也格外媚人。这时，你一个人轻衫布鞋，沿着小巷走去。薄雾，将散未散，远山上，有几杵钟声传来，一身清凉如水。小巷里，有卖菜的人回来，见你，会水灵灵地一笑，问："客人找谁吗？"江南口音，自是温润婉转，毫不拗口。

你微笑，摇头，然后，看着对方一个袅娜的身影隐显雾中，远去了。

也有时，转过街角，会有一架藤萝，扯起一片碧绿，让人徘徊不忍离去。

至于黄昏，夕阳半墙，鸟儿归巢，晚霞影里，总会产生一种燕子归来、王谢不再的落寞之感。这时，随口吐一个字，都合乎平仄；随嘴说一句话，就是一句诗。

走完同里小巷，你，就成了大唐竖行文字中走出的诗人。

三

同里的美，三分在巷，三分在水。

同里被水包围着，镜中青螺，清秀如莲。小镇内，同样是家家临水，户户通舟。镇内每一条水都乖顺如女孩，是古典的，而绝非新潮，决不轻佻，也绝不会呈现一种奔腾咆哮的泼悍样。

总之，同里的水知道怎么做水，而且做得一唱三叹，清秀绝伦。

好水，永远如美女一般，它清新，雅致，而且知道自己天生丽质，不须忸怩作态，一眨眼，一回望，纯出自然，而又在自然中显露出无尽的风流。

面对同里的水，你如面对西施的绿披巾，又如面对一个碧绿的梦。同里的水，就在你面前，缓缓地静静地流，那水质，不敢触，在想象中，如少妇凝脂般的肌肤。

坐一只小船，羽毛一般轻灵的船，行走在同里的水上，两岸是白屋，是粉墙，水就夹在中间，一脉清波，流光溢彩。时时，会有人沿岸上下，人影长长地倒映水上。

同里水多，桥更多，太平桥、吉利桥和长庆桥这些名桥自不待言，光古桥，就四十多座。

船在水中行，时时穿过桥下。桥，是同里风景中的佳品。同里人把桥变尽姿态，做足文章，有月形桥洞，有菱形桥洞，也有虹形的。桥很古朴，仿佛是从王维的画中取出，随手安放在水上。桥沿上，藤萝垂垂，遮住桥洞，也遮住船上人的视线，使你极尽目力，想看尽水面景色，可无论如何都难以如愿。而当你穿过桥，拂开藤萝，眼前水光天光，又是一番想象不到的景色，同时也会从心中惊叹一声："啊，竟然是这样！"

坐船游同里古镇，人，如刘姥姥一般，进了大观园。

四

江南山温水软，而同里，山更温，水更软，空气更细腻，吹弹得破。

同里的女子，是风滤过的，水淘过的，占尽同里风情美景。

要看同里女孩情态，仍得一个人，慢慢融入同里。尤其是一早一晚，总会见一个个均匀细致的身影，在小巷里经过，一声声高跟鞋声，在巷子深处响起，长一声短一声地押着韵，把同里点缀得无限旖旎，给人无限遐想。

在如烟的雨中，有时，会遇见卖花的女孩，一个篮子，里面横斜着几束或几枝花，水灵灵的，人花相映，自成画意，对你一笑。随意买一枝，也买下一枝江南的风景，何乐而不为？

同里女孩的话，有一种水性，有一种柔韧，很动听。

我游同里时，租的恰恰是一个女孩的船，女孩长得嫩葱一般，望着我，眼光眨啊眨地问："客人哪人啊？"

"陕西的。"

"陕西好啊，有秦始皇兵马俑。"她赞道，一片阳光，照在脸上，眉目如画。

"没你们这儿好啊，山美水美，女孩更美。"我由衷赞道。

"真的吗？"她问，微偏着头，长发如水泻下，让人见了，有些自失，心里软软的，竟泛动着一泓水波。

同里的美，三分在水，三分在巷，还有四分，在于同里女儿。

这话不知谁说的，不管你信不信，我信。

故园如画胡不归

一

距离呼和浩特几百里地的阴山脚下，天，到这儿无限地开阔起来；地，到这儿自由地舒展起来；连茸茸碧草，到了这儿都显得那么平展，熨贴，一碧千里，绝无杂色。蓝天碧草间，风吹草动，牛羊成群。白色的帐篷散漫于草中，如一个个水泡子，在阳光下闪闪发亮。

这儿，就是图尔默特草原。

在遥远的年代，在那个烟尘飞舞的岁月里，在那个鼙鼓喧天的季节里，这儿，曾是敕勒族汉子驰马飞跃的地方，是敕勒族女子轻歌曼舞的地方，是那些骑羊嬉戏、弯弓射鸟的敕勒族孩子们快乐的天堂。

来到图尔默特，来到这千里一碧的大草原，站在青草蓝天间，昂然四顾，你只感到满眼碧绿，心胸开阔，灵魂轻灵如一片羽毛，凌空飞舞，自由上下。在这儿，如果再骑一匹马，奔驰在千里草原上，仰天高歌，真有种天宽地阔，唯我独尊的感觉。这时，你才会领悟到，这儿的牧马汉子，为什么会如此粗犷豪放；这儿的草原女人，为什么会如此温情大方。

在这儿奔马高歌，最宜于歌唱的，应是一千五百年前，斛律金所唱的那支著名的歌——

敕勒川，阴山下。

天似穹庐，笼盖四野。

天苍苍，野茫茫，

风吹草低见牛羊。

二

一千五百年前，是南北朝时期。南北朝是个乱世，是一个刀光剑影金铁交鸣的时代，更是一个英雄喋血壮士扼腕的时代；是一个风火烟尘的时代，更是一个人才辈出的时代。一位史学家在谈到三国时代时，曾断言，由于乱世，人的能量发挥到极致，所以，三国时代，也就成了一个人才辈出、智士如云的年代，任何一个人物走出，都会让风云为之变色，历史为之震颤。

南北朝时期，也是如此，任何一个历史人物，都是昨夜天空的一颗亮丽的星辰。

这些人中，当首推高欢与宇文泰。

当时的高欢，把持着东魏的印把子。宇文泰呢，则占据着西魏朝廷的相位。二人形成双峰对峙、二雄并立的态势。双方都虎视眈眈，寻瑕伺隙，希望找到对方的死穴，趁机挥剑而出，致敌死命，一统中原，称霸北国。而后，凭借北方铁骑，挥师南来，投鞭断江，消灭割据江南一隅的梁朝：四海之内，唯我独尊。

双方斗争焦点，放在了玉璧关。

玉璧，位于今天山西稷山县城西南五公里处。和平年代，这儿山歌阵阵，庄稼青葱，一派宁静，并非交通要道。但在烽烟滚滚的南北朝，这儿却是战略要冲。它背靠稷山，怀拢汾水，深沟大壑，环顾周遭，乃西魏国防重镇。西魏凭借此关，进，可以铁骑东指，直袭东魏陪都兼军事重镇——晋阳：后来，周武帝灭北齐，即走此道；退，则可凭此雄关，维护长安，御敌国门，伏尸百万，血流成河。

对东魏而言，此关存在，实如附骨之疽，令人昼夜难安。打下此关，关中平原如在目前，取关中夺长安擒宇文泰则在指掌之间。

因此，公元542年，一个秋高马肥的日子里，高欢拍案而起，力排众议，誓取此关。东魏十万铁骑，盔甲如水，刀光映日，滚滚而来。

历时六十余天的玉璧保卫战，至此拉开序幕。

三

高欢认识到玉璧的重要性，宇文泰的认识，一点也不输于高欢，他早就防着这一手。所以，提前，他就派出自己手下最善于防守的将军——韦孝宽，去防守玉璧。

东魏的军队，旌旗蔽日，鼙鼓声声，在一个"塞上燕脂凝夜紫"的日子里，围住了玉璧。

一千五百多年前，一场惨烈的攻坚战开始真刀真枪地上演了。

高欢打算，扬鞭北来，胡笳乱鸣，三天之内，可拿下玉璧。甚至，他扬言，我用靴尖一踢，就可踏平玉璧。可是，这位常胜将军，这位一代枭雄，在玉璧城下，终于领略到了韦孝宽的防御手段。

三十天的轮番进攻，战士的尸体，一层层倒下，堆垒在城下。

折断的刀枪，散乱地扔在战场上，暗淡无光。逃逸的战马，仰天长嘶，寻找着自己的主人。

这是一场嗜血的攻坚，这是一场疯狂的杀戮，这是一次触目惊心的冲击，这是一次注定要让历史颤抖，要让数万慈母悲伤、寡妇落泪的战争。虽然，黯淡了刀光剑影，远去了鼓角争鸣，时间到了今天，置身这儿，面对荒郊败垒、古堡断砖，仍然让人可以清晰地听见岁月风尘中，将军的高喊，健儿的哀号，刀剑的撞击，战马的嘶叫。

三十天，三十天的进攻，玉璧仍然是玉璧，岿然不动。东魏的健儿，却大量倒下。东魏的将军们，纷纷涌到主帅帐下，劝告高欢："退兵

吧，士兵们此时士气低沉，思家心切。"

是啊，在战场上，尤其在这样的绝望战斗中，哪一个健儿不思念家乡？哪一个士兵不怀念故乡的亲人，以及故乡的一切，甚至包括那儿的房屋、山水，甚至山歌？

可是，高欢拒绝了，他已失去了理智。十万大军，三十多天，没有攻下一座小小的玉璧。他不甘心，他不愿认输，不想就此罢休。

他改变了蛮攻战术，采用堆土为山的办法，堆出比玉璧还要高的土山，从上俯瞰，进攻玉璧。可是，对方更是以变应变，在城中架起木板，堆叠为墙，高过土山。并让兵士躲在木板后，对着土山上毫无躲避的东魏兵士射击。

无奈之下，高欢又眉头一皱，改用了地道战。让士兵们在城外挖起地道，暗暗通向城内。城内的韦孝宽，早已做了防备，在城里横挖地道，予以截击。

时至今日，漫步玉璧遗址，仍能看到这儿残存的地道，在黄昏夕阳下，静静地卧在那儿，向行人诉说着那场战争的惨烈。

接下来的日子，东魏军运用火攻、水攻，以及那个时代所能运用的所有攻城方法，结果，玉璧仍然高高耸立。

两个月，就这样过去，每天，都有东魏健儿的尸体，倒在城壕中，或者是刀剑下。史书记载，仅此一战，东魏战死兵士七万人。七万有血有肉的年轻人，六十天，从这个世界消失，带着他们的乡思，带着他们对亲人的无尽思念，永远地闭上了眼睛。

更可怕的是，此时，宇文泰率军横击，断了东魏军的粮道。

东魏士气，一跌千丈：金鼓低沉，旗帜不展，三军将士，喑哑无声。

为了活命，也为了远在家乡的亲人，这些不愿客死异地的将士，时时有人偷偷溜掉，甚至干脆拖着刀枪，投降了敌人。

十万大军，只剩三万，已濒临溃散的边缘。

四

终于，纵横一生的高欢，也走到了自己一生中最危险的边缘。现在，他面临的已不是如何攻下玉璧，而是能否将这一支士气低落的军队带回家，带回他们的故乡，交给他们的父母妻子。他坐在营帐中，紧锁眉头，一杯又一杯的烈酒饮下，久久不语。突然，他抬起头，望见自己身边的老将军斛律金，眼睛一亮，一个主意涌上心头，问道："老将军，听说你会唱家乡的民歌？"

斛律金不知主帅为何问此，连连点头。

高欢连忙站起来，一拍斛律金的肩膀道："烦请老将军为军士们高歌一曲。"说完，附耳叮嘱几句。斛律金老将军听了，连连点头，微笑允诺。

秋高气爽，战马萧萧；晋北旷野，群山肃穆；三军将士，静立无声。斛律金将军迈开大步，走上高台，白须如雪，遥望北方，他的双眼渐渐湿润起来，他仿佛看到了故乡，看见故乡的原野，看见无边的绿草，看见苍鹰在天空翱翔，看见牛羊在青草间出没，看见小伙子在马背上纵情高歌，看见姑娘们在草地上载歌载舞。他看见了蒙古包，看见了炊烟，看见南飞的大雁。终于，他流下了老泪，引吭高歌，苍凉的歌声，在秋天的旷野远远传开，传开——

敕勒川，阴山下。
天似穹庐，笼盖四野。
天苍苍，野茫茫。
风吹草低见牛羊。

在这歌声中，台下的铁血健儿们，一起抬起头，他们的眼睛，都一起望向故园的方向。故园，多么亲切的名字啊，多么牵人心魂的地方。那

儿，有熟悉的微笑，有甜甜的乡音，有月下的清唱，有柔柔的爱情，有浓浓的乡俗，有温馨的亲情。那儿的每一口水都是甜的，每一朵花都是香的，每一条小路都有一串故事，每一声虫鸣都是一首诗。

故园如画胡不归？

开始，校场上，是一人苍凉高歌。接着，是千百人齐声高唱。最后，三万大军，加入这雄浑的大合唱。大家歌唱自己的思念，歌唱自己的故园，歌唱自己的乡愁，歌唱自己心中那块神圣的地方。

玉璧城上的士兵们震惊了，他们不知道这支失败的军队，此时怎么会唱起歌来。一个个侧耳倾听，不久，就明白了，一个个也热泪盈眶，加入了这大合唱，像城下士兵一样，泪下沾襟。

故乡，故乡之思，是不分攻城和守城的，是不分敌我的。只要是人，只要有血有肉，就有故乡，就有祖宗，就有根，就有乡愁乡思。

它，是人与人之间得以理解、得以交流的媒介，是人之所以为人的独特之处。

在歌声中，三万健儿，战马嘶鸣，刀剑映日，热血，又一次在他们体内奔流；希望，又一次在他们心中升起。他们拨转马头，随着猎猎的旗帜，在风尘遮天中，踏上了归途，踏上了走向故乡的路。

他们可能憎恨过主帅不该轻易发动战争，但他们绝不憎恨故乡。

他们可能曾经产生过背叛主帅的想法，但他们绝不会背叛母亲。

是一支故乡的歌，终于，唤回了三万在死亡边缘苦苦挣扎的游子。是乡愁，乡思，在战争中创造了一个奇迹，一个后人无法理解的奇迹。

自始至终，玉璧城里，没有军队出来截击这支濒临绝境的败军，因为，大家都知道，什么都可以剥夺，唯有一个人的乡思是不能剥夺的，一个人的回乡之路是不能断绝的。所以，中国古代兵书上说"归师莫掩"就是这个道理。这是一种人道，一种互相理解，只有士兵才理解士兵的心，只有游子才懂得游子的情。

因为，天下之人，都有故乡。

五

一千几百年后，一个白发老人，拄着拐杖，走上阿里山的山头，任风吹着他的布袍，猎猎作响；任风吹着他的长须，迎风飘摆。

他站在山头上，此时，他可能也像当年的斛律金老将军一样，眼睛，望着故乡的地方。不同的是，他看到的不是阴山，不是草原，而是黄土高坡，是窑洞，是高大的白杨树。他听到的，是秦腔，是黄河水的咆哮，是西北汉子雄浑的信天游。

他定定地站着，任夕阳把自己雕刻成一尊雕塑，任由浑浊的老泪，一颗一颗滑下，落在衣襟上，落在孤岛的土地上。

多少年了，岁月老了，人老了，可是思念不老。

多少年了，漂泊孤岛，可是，根仍在遥远的西北。他在日记中写道："我百年之后，愿葬玉山或阿里山树木多的高处，山要高者，树要大者，可以时时望大陆。我之故乡是中国大陆。"

不久，老人撒手人寰，离世前挥笔作歌曰：

葬我于高山之上兮，
望我故乡；
故乡不可见兮，
永不能忘。
葬我于高山之上兮，
望我大陆；
大陆不可见兮，
只有痛哭。
天苍苍，野茫茫；
山之上，国有殇！

老人，名叫于右任，国民党一代元老。但是，我知道得最清楚的是，他是我的同乡，祖籍三原。

那一方古典的山水

一

苏轼如月，三分映照中秋，三分映照周郎赤壁，剩下四分，挥挥洒洒，映照了整个大宋文化的天空。从而，唐宋文采，并称风流。

更如月的，是他的人品，他的性格，他的感情。

他潇洒如春风化雨，青天白云，不滞碍于物欲，不羁绊于得失，一袭青衣，芒鞋竹杖，笑对官场得失，坐看鸡虫争斗。

他自然如雪映梅花，水流石上，率性闲适，自成风流，一支竹管笔，指点山河，评论古今，干净优雅，韵致高迈。

但，更让千古士子倾倒的，是他豪迈中的多情，潇洒中的温柔，飘逸中的细腻。

历史深处，我们能听到赤壁月下袅袅的箫音，"如怨如慕，如泣如诉，余音袅袅，不绝如缕"；我们能感觉到"十年生死两茫茫"的刻骨铭心的思念；能领会到"相对无言，唯有泪千行"的绝代悲伤。

苏轼，是苏轼的天赋成就了自己，笑傲江湖，淡对人生。

苏轼，更是蜀中山川风物孕育的奇才，胸襟如海，眼界超迈。

如果说，他的豪放，他的超迈，他的见识，得益于个人和蜀中山川，那么，他的多情，他的细腻，他的温柔，则更多得益于蜀中的那一角山水——青神。

因为，青神有王弗，青神有他少年的爱情。

是那个杰出的女子，用自己的温柔，自己的感情，自己的细腻，滋润了他，浇灌了他，让他走向完美，走向成熟，然后，走上文坛，登高一呼，天下士子，风起影从。

一个男人，近千年来，以他的文采风流滋润着整整一个华人世界。

一个女人，以她的温柔多情聪慧，整整滋润了这个男人的一生。

二

至今，我都想象不出青神的样子，就如我想象不出"水光潋滟晴方好，山色空蒙雨亦奇"的西湖美景，想象不出"二十四桥明月夜，玉人何处教吹箫"的扬州秀丽，想象不出"乌桕红梨树树霜，船在霜中住"的吴中影子。

但我想象得出的是，蜀中的青神，绝不同于江南。

江南这样玲珑的山水，绝对陶冶不出高歌"大江东去，浪淘尽，千古风流人物"的苏轼的；这样柔弱的山水，也一定孕育不出见识过人的王弗。因为，江南，太多人工的雕琢，少了自然的韵致。

苏轼和王弗，是自然孕育的一对璧人。

我想，思蒙河的水一定很清很清，清得如少女的眼波，在日光下，白亮亮的，一闪一闪的含情脉脉，让每一个从这儿走过的人，一颗心都会被浸泡得柔软多情，文采斐然，不说话则已，一开口，就是平平仄仄，烨然生辉。

这儿的山，一定绿如翡翠，美不胜收。不说别的，单唤鱼池、牛头洞、猴头石、千人床……这样的名字，不说看，单听，就让人倾倒。难怪徘徊此间的蜀中士子，一个个文采超凡，锦心绣口，口吐珠玑。

这儿，一定是最浪漫的，浪漫如月夜的情歌；这儿，一定是最多情的，多情如草尖的露珠；这儿，一定是最风流的，风流如花林的笛声；这

儿，一定是最优美的，优美如竹海的鸟鸣。

真的，让每一个文化人难以想象又不得不想的，是青神的山水。

三

在青神行走，应当是静静地，静静地看，静静地想，静静地领悟。

在这一方文化积淀厚重的地方，随意翻检的砖瓦里，都埋藏着古人的诗句；随意踏过一块石头，都可能是当年苏轼摸过或坐过的。

那小路，那草坪，还有那松冈，都可能有苏轼吐过的诗句，都可能在苏轼的诗文中闪现过。那清凌凌的河水里，都曾经可能有少年苏轼来外婆家玩耍时，在这儿撒过野，打水米子，仰浮，蛙泳。

走在这儿，不管你是干什么的，是诗人，是商人，还是平民百姓，不管你的修养如何，你的举止自然而然地，就会斯文起来；你的语言不自觉地，就会干净起来。因为，这儿是文章锦绣之乡，是宋代文章成熟的发祥地。

这儿，曾是诞生斯文的地方。

小巷中，时时，你会发现几个人，慢慢地踱步，慢慢地歌吟，不徐不急，神情闲适，浑身透出淡淡的书卷气。

如果感到口渴了，你也可随便敲开一扇门找水喝。一杯清茶，一番闲谈，让你心清如洗，一身轻松。

小巷深处，总会有下棋的老人，三三两两，围着棋盘坐着，有的微闭双目，以手叩棋；有的以手捋须，沉默不语；有的仰首望天，一手负背。

一个个青神男人的身上，都闪现着苏东坡的影子。

四

青神的女子，总是天下闻名的。不说别人，单一个王弗，就倾倒了天下读书人的心。

那是怎样一个女子啊？想想，千余年来，能给苏大才子指出文章缺点，评论话语得失的，须眉之中，又有几人？可，这个女子不但做了，还让苏轼心服口服。又有几人如这样一个女子那样，能慧眼识人，明辨人心？这样一个女子，又是怎样的让那么超脱豪迈的大诗人念念不忘，神伤不已。

漫步千余年后的青神，你情不自禁地会产生怀古之情：这儿，哪一条街的哪一座小楼曾居住过这位风清云白的女子？"小轩窗，正梳妆"，是在哪一扇窗子下？这，是苏轼青神游玩时看见的情景，还是对亲后所见？就是这儿走出的一个女子啊，从此以后，让诗人魂牵梦绕，寤寐思服。

你会不由得放慢脚步，把眼光投向街道，投向千年后的青神女子们。

这里的女子，依然风清云白，水水嫩嫩的，如羊羔子，就连说话声都如羊羔子叫，细细的，仿佛还掺杂着丝丝缕缕的膻味呢。

每一个都不是王弗，每一个都像王弗。

五

走一趟青神，你，还了一笔文化的债，同时，也成了一个诗人，随意吐一串词，就是一篇锦绣文章。

其实，徜徉在这样的山水之间，行走在这样的人群之中，生活在这样的文化氛围之中，耳濡目染，不能成为诗人，也会成为画家。

"此身合是诗人未？细雨骑驴入剑门"，过了剑门，我认为，还应当到青神。

青神，就是因为这样，才走出了王弗；也因为这样，才吸引了苏轼；更因为这样，近千年来，成了中国文人心头一个想解却又解不开的结。

车过秦川

车过秦川，旷野茫茫，一望无际。这就是八百里秦川吗？是埋藏盛大的秦始皇兵马俑的八百里秦川吗？是汉朝铁骑如水、大唐四方来朝的八百里秦川吗？

八百里秦川，一声秦腔吼起，都能穿透古今五千年的历史啊。

车，在八百里的黄土地上奔驰，在浑厚的历史表层奔驰，一眼望不到边。

这就是李世民的秦川啊，战马萧萧，战鼓擂响，一代天可汗，骑着他的八骏，驾驭着他的文治武功，在这块大地上奔驰，在中国历史上掀起一阵狂飙，竖起一座丰碑，成就一段历史的辉煌。这儿，成了一处历史的圣地，成为每一个炎黄子孙的骄傲。

八百里秦川，容纳了多少岁月云烟，印下了多少历史足迹，见证了一个民族多少辉煌啊。一个民族，正是依着这八百里黄土而生，而长，而昂扬自信，走向远方。

卫青在这儿放过牧，霍去病在这儿打过猎。李广在这儿，某天晚上，曾经被霸陵尉关在关外，露宿月下，一箭射穿石头。这儿，是热血沸腾的地方，每一寸土地，都滚烫如火，浓烈如酒。

这儿，更是文墨飘香的地方。

某一个早晨或者黄昏，李白骑着他的马，沿着这儿的黄土路，可能是眼前那位锄草汉子归来走过的路，也可能是那位大嫂拉着孩子走过的路，或者是那些小学生放学后叽叽喳喳又笑又闹走过的路，一路走来，走向长安，走向八百里秦川的中心。他当时看到那些慈祥的老人了吗？看到那些浑朴的大嫂和天真的小孩了吗？八百里秦川，永远吸引着他，吸引着那个从四川青莲乡走出的诗仙。

李白之后，当然少不了诗圣。

他来时，一定骑着驴。当他漫游于八百里秦川时，一定有很多秦川人见过他，请他喝过酒，吃过饭。诗圣离去，漂泊西南时念念不忘的，仍是这一块土地。别人愿魂归故里，诗圣不，诗圣愿魂归八百里秦川：这儿的黄土厚实；这儿的历史厚实；这儿的民风，与这儿的黄土一样厚得摸不着底。

之后，马蹄嗒嗒，一个个青帽长衫的文化人，长吟短哦，紧随其后，白居易、元稹、韩愈，每一个人，在文学史上都是一座纪念碑；每一个人，在八百里秦川都立下了一座丰碑。

八百里秦川，文化深厚，沃野千里。

八百里秦川，江山险固，风景如画。

车在八百里秦川行走，一处处风景流过车窗，都是历史的遗迹，文化的遗迹，五千年岁月的遗迹。

烽火台在夕阳下，坐落在山头，披一层血色，更见得悲壮、浩大。八百里秦川的风景，雄浑如秦腔，如高天厚土，让你一见，浑身一惊，停住脚步，不敢丝毫轻视，只有膜拜，只有仰首向天，大吼一声，以抒怀抱。

骊山如铁铸，在八百里秦川中，它不算大山，但不算大山也让人热血沸涌，热泪盈眶，不说远古的鼓角争鸣，狼烟滚滚；不说车骑如潮吼声如海，单是山下宫殿中，一处捉蒋的历史剧，就让八百里秦川的汉子扬眉吐气，豪气干云。

八百里秦川不会忸怩，不会害羞，不会做小女子状让人爱怜，它要让人倾倒，让人心驰神怡。

怕大山大水还不足以摄人心魂，于是，就出现了辋川，让你想起"清川带长薄，车马去闲闲"的阔大；隐隐约约显出终南山的一痕影子，让你想到"山石荦确行径微"的奇险；华清池水波荡漾，让你感叹"长安回望

绣成堆，山顶千门次第开"的繁华；乐游原一望无际，让你沉浸于"夕阳无限好"的悲壮。

车行八百里秦川，除了浩大，就是壮美，就是雄浑，就是波澜壮阔，让你神为之摇，目为之眩，感情为之沸腾到极点。

渭桥的出现，如乐曲的尾音，余音袅袅，恰到好处，为你抚平已经沸腾的感情。你的心，在它的抚慰下，慢慢变得平静起来，灵透起来，清朗起来。

因为你知道，这儿有一条河，碧波漾漾，一片清白。你也知道，这儿的河边有绵延的杨柳，柳丝如线，亦如翠带，随风飘摇，在水中荡漾着自己青葱的影子。这儿曾有一批批仕子，折柳相赠，吟诗作对，安抚着友人，安抚着自己，也安抚着千年的友情和一颗舟船漂摇的心。不管是"劝君更尽一杯酒，西出阳关无故人"也好，"人世死前唯有别，春风争拟惜长条"也罢，这些柳，都是那么温柔，那么细腻，那么人性。一直飘摇在古诗里，飘摇在你的记忆和血脉里。

八百里秦川，不乏伟大，不乏铁血，更不乏细腻柔情。

车走秦川，走在八百里广阔的厚土上，对你来说，是一次古诗的洗礼，一次古文化的洗礼，也是一次民族感情的洗礼。此时，你只感到伟大，感到自信，感到浑身有一种血液在沸腾，在奔涌。

这时，你也终于明白了，为什么这里的人喜欢吼秦腔？而且吼得那样酣畅淋漓！

敦煌感怀

车如轻舟一叶，在沙海中漂浮。

有人说，月牙泉就要到了。

果然，不一会儿就到了月牙泉边。车停下，一弯清泉就在面前，如女孩的眉目，温婉清亮，盈盈一脉。水里，有天光，有云影，还有几尾鱼儿摆着尾巴，游来游去，浑然忘却这儿是沙漠。

水边薄薄的苇草，一丛一簇，营造出一片微型的江南山水。

再旁边，树林一簇，丛杂着青绿和阴翳，还有三两声鸟鸣。林荫中，有寺院，有粉墙，还有一阁高耸，俊俏而洁净，秀挺如小杜的诗。

月牙泉后，就是鸣沙山。

人踩着流沙，一步一退，登上山顶。放眼望去，只见平沙千里，浩浩无边，天圆地阔，人如一蚁，一种恓惶之情油然而生。难怪古人漫行沙漠中，总会留下无边浩叹。其实，面对千里沙漠，谁不做如此感叹？天地广大，人生短暂，自古而今，概莫能外。

如果说，月牙泉、鸣沙山在敦煌风景中是小品，是绝句，是感情的铺垫，那么，莫高窟壁画则是故事，是小说，让人感情起伏跌宕。

莫高窟离月牙泉不远，几十公里的路程。

走进洞窟，一洞一洞地游览，人，已失语，已感到了语言的贫乏。面前壁上，色彩，在自然地流淌；线条，在自由地挥洒；微笑，在轻盈地绽放。所有那个时代的生活，都在这儿重现：胡人骑着骆驼，卷须花袍，一路驼铃叮当，走入这儿，正在小憩；二八女郎，手之舞之，足之蹈之，衣带随风，眉目温婉，正从壁画上足踏祥云，缓缓而下；佛祖合十，或单掌竖起，或双掌合拢，脸上神色淡定纯净，如午后暖阳。

这样的微笑，使人亲切。

这样的轻盈，使人优雅。

只有把生活过成诗情画意的人，才能画出这样的画。只有把佛放在心中，把敬畏放在心中的人，才能画出这样的画。水泥楼中，玻璃窗内，红尘滚滚中，产生不了这样的风度，这样的潇洒，这样的典雅，就如水泥地里，长不出碧绿的草芽，开不出精致的花儿一样，所以，也产生不了这样的绝世珍品。

这，是古人的幸运，是今人的悲哀。

走出莫高窟，置身沙漠中，我在自失中有一种自豪，一种沉静，一种出尘之感。

宇宙，是永恒的；人生，是短暂的。人，在自然中的奋斗，总有一种宿命的悲剧。但是，就如长河落日一般，这种悲剧，不是悲伤，而是悲壮，是悲壮中呈现出的一种宏大，一种豪迈，一种壮阔。

小镇风景

小镇临水，以水为神。

小镇靠山，以山为骨。

一山一水，如父如母，在这儿一曲一顿，一阵痉挛，孕育下这么个小镇，清清秀秀，可怜见儿的。惹得山水无限眷顾，无限呵护，也无限疼爱。

水，慈眉善目，款款一曲，街前流过。水边，少不了几个洗衣女子，纤腰长身。水光泛着日光，一漾一漾的，照着那粉白的脸，长眉细目，耐看。间或，有笑语声叽哩嘎啦从河边飞起，带着翅儿，飞向对面的高山，又旋回来，荡在小巷里，空空地响。听了，让人心也一软一软地跳。

山，淡淡几笔，眉峰一般在小镇后皱起，眉峰深处的橘叶林里，藏着几颗黑痣，隐隐约约在动：细看，原来是几个干活的农人。此时正是蜜橘收获时节，这儿是橘乡，居民们怎能不忙呢？

山水之间，拢着两条小街，无名无姓。古的，就叫老街；新的，就叫新街。

老街近水，两边住宅木板为墙，上有阁楼明镜悬顶，古色古香。白天，街上人都到新街摆摊做生意去了，巷中少有人影。偶尔，有高跟鞋声响起，沿长长仄仄的小巷传来，叮、叮、叮——长一声短一声，高一声低一声，平一声仄一声，如石击古井，声声回应，声声清越。声音拐过几道弯听来，悠悠的，很有韵味。终于停止，只听"吱嘎"一声门响，小巷又回复了宁静。回首巷外，日光白亮亮一片，柔柔的，媚媚的。

新街近山，很繁华。高楼一座接一座，商铺一个挨一个，市声如潮。然而，铺内很少见到男子。

本地有个习俗"男人下田，女人摆摊"，每一个柜台后坐着一个女子，水水白白，嫩葱一般，殷勤地叫着，笑着——

"买烟吧？来。"

"衣服布料好，式样新。买件吧！"

这儿位于两省交界，地虽近西北，可居民多是南方人的后裔，因而语音中既有南人的娇媚，又有北人的刚健：每一个单词吐出，都如一粒冰珠子，秀而有骨，铮铮作响。让行人听了不得不停下来，生怕一不小心没承接住，掉在地上摔成八瓣，就太可惜了。

这时，对面山坡上迎风送来一阵山歌——

红红的小嘴白白的脸，

大妹子是哥的心肝肝。

弯弯的眉毛圆圆的眼，

大妹子是哥的心尖尖——

歌声粗犷，高亢，引得一街女人都红了脸，引得一街女人都抿着嘴笑了。

小镇，总是那么风情万种。

小镇风景若得十分，我以为，山水小街可各得一分，至于小镇的人，可得七分。

千佛洞

　　山里人游山是不需要提前选定日子的，只视天气而定，来去一人，自由自在，真有"山中无历日，寒尽不知年"之感。

　　游千佛洞，我选的是一个初冬的早晨。

　　这天，天气初晴，天净如水。一出漫川古镇，人仿佛甩脱浑身的枷锁，一身轻松愉快，只想仰天高呼，以抒快意。远处的山上，雾气刚散开，早晨的太阳光照在一户户人家上，洁白的墙上反射着阳光，干净如洗。山洼深处人家，生活最是如诗如画。

　　冬日的山上，草木凋尽，高矮肥瘦，各具情态，丰臀玉乳，各见体势。

　　千佛洞，就在山阳县漫川镇前店子村后的山上。走出古镇步行，拐几个大弯，有三四里，遇见一位老农，请教千佛洞所在，老农指着正对面半里处一个山包说，你看，那枝叶青绿的地方就是。我眨了半天近视眼，什么绿也没看见。老头急了，说，你照直向前走，到了前店子小学，也就到了千佛洞。

　　其实，前店子小学的前身就是一座庙宇。教师宿办室为一个小院，门前一对石鼓，雕纹镂花。房子灰砖砌垒，木柱古朴，显为古物古庙。可问于当地人，皆不知为何庙宇。后查《商洛名胜》，始知为竹林寺。古庙为校，怕也是近几十年事，由于缺乏文献记载，古庙几乎湮灭佚名，不由令人发一浩叹。

　　庙后就是千佛洞，开山造就，大若半间小房，为一四合院所围。上面罩着一棵冬青树，瓦钵粗细，横斜而出，长在洞顶，枝条交错，虬筋斑驳，鳞甲片片，小叶细碎，层层叠叠，刚好遮住整个小院上空。这，就是先前老农所说的青绿了。

进得千佛洞，洞内并不黑，一束阳光从门上射入，碎光如镜，分外明亮，因而洞内景物可一览无余。洞内崖壁上凿洞为龛，上塑佛像：大者两米，小的如手指，或蹲或站，或坐或卧，或笑或合目，或做一副悲天悯人像，形态各一，神情各具。可惜损坏严重，有的缺胳膊少腿，有的鼻尖不翼而飞，有的头颈俱无，幸喜那尊两米高的大佛还形体健全，立在龛上，垂眉敛目，心神入定，一副大慈大悲相，可惜身披红绸，臂缠红带，被善男信女们装扮得不伦不类。佛若有知，怕也会哭笑不得的。

洞后还有一洞，大小与前洞相似，情形与前洞相差无几。

听游人言，洞中有一石碑，上刻凿洞时间为"明宣德间"，可惜我去时，遍寻不得。若此话属实，凿洞距今，怕也有五六百年的历史了。

六百年前的东西是应好好保护了。否则，现在我们去游玩时，还能够看到断臂少腿的佛像，到我们的后代去时，怕连这些也没有了。不知那时，他们会作何感想？

雁门如铁

天下九塞，雁门为最。

夕阳西下，雁门山上，巉岩如铁，远山如涛，浑浑浩浩，一泻苍茫，直奔向天的尽头地的尽头和夕阳的尽头。站在关上，没有了号角嘶鸣，在夕阳下悠扬回荡；没有了将士高呼，响亮如铜；也没有了刁斗声声，回肠荡气。金鼓声远去，硝烟散尽，天地间，只剩下一轮夕阳，在远山尽处苍黄浮沉。

古关，在时间里，与夕阳相对。

间或，远处有山歌响起，代地特有的腔调，苍凉，高亢，雄浑，仿佛要和苍天上的大雁一比高低，仿佛要和代地的高山一比雄浑。只有这山歌，才配做这千年古关的最好陪衬。

关隘，很古老，很残破。但是，它如一位不服老的将军，盔甲敝旧，却独立穹宇，昂首苍茫，丝毫不见龙钟之态，不见颓废之气。连城门外的石狮子，在夕阳下也扬鬃长啸，做扑人之状。关前的旗杆，虽已没了红旗，可在猎猎西风中，仍能让人清晰地听见旗帜呼啦啦的飘扬声。鏖战的壮士，已在时间里远去，只留下一株株古松，散布关后，做盘曲状，做扭结状，把一个民族不屈的精神凝固下来，万世长存。

站在关隘上，我的心却飞向了远方。

很小的时候，就听说了雁门关这个名字，心里，竟滋生出几许诗意——大雁南飞，掠过古关，在湛蓝的天空下，和白云相辉映，时时地，留下几声雁鸣，清亮如露，圆润如珠，在代北的山山岭岭间，如雨落下，一地花开。

待读到李贺《雁门太守行》，脑子中，又映出另一幅画面：残阳如血，鼙鼓声声，战马嘶鸣，金铁交击。此时才知道，雁门关竟是一处铁血古关，兵家要地，民族生存的遮蔽要冲。

漫步关上，手抚城砖，独对寒风，想象，也悄然走入历史深处，走入金戈铁马的烟尘里，走入战火弥漫的硝烟中。

两三千年前，在这儿，雁门关，就矗立在历史的烽烟里。

一代名将李牧，凭借雄关，以及自己超人谋略，和将士们保家卫国的决心，硬是以步卒，阻挡了当时长于射猎、擅长骑兵出击的匈奴，"大破匈奴十余万骑"，以小小一个赵国，捍卫了整个中原文明，使之得以正常发展。其功，实不可没。

李牧之后，秦皇牧马，汉武亮剑，都以此地为舞台，演绎自己的雄才伟略。

到了北宋，历史硝烟里，又一位名将走来，一直走到雁门关前，凭胯下马，手中刀，和一腔爱国忠心，带领中原健儿，又一次打败了纵横亚洲无敌手的契丹铁骑，使之闻风丧胆，称其为"杨无敌"。

雁门关，也成了大辽铁骑过不去的铁门坎。

雁门关，没有忘记这位将军。至今，关口设有"杨将军祠"，大将杨业端坐庙内，器宇轩昂，仿佛在倾听军声，又仿佛在静静地谋划军情。他的旁边，是他的妻子，那个民间大大有名的女将佘赛花。

杨业之后，名关冷寂，斜阳草树，古道西风。在这儿，没有了夜半军声，没有了向晚号角，也没有了滚滚狼烟。

一切，都平静，平静如洪荒。一直，这种平静，延续到一九三七年十月十七日，历史，注定要记住这一天，要记住雁门关，要记住雁门关前的一群战士。

他们，有一个共同的名字——八路军。

他们，有一个共同的敌人——日寇。

那是怎样的一个上午啊，枪声如雨，吼声如雷，一群穿着灰军装的军人端着刺刀冲向侵略者。在他们的脚下，太阳旗成了一片破抹布；不可一世的皇军，惶惶如丧家之犬，狼狈而逃。几天后，雁门关前，日寇再次受挫，尸横一片。雁门两役，据记载，日寇遗尸五百，毁车三十辆。

武士道精神，在古关硝烟里，消散一空。

雄关如铁，亦如碑；雄关，更是一个民族的铁的脊梁。

在满山斜阳里，听当地老人讲，一九三七年那场战争，打得那个激烈啊，生平未见。此战，八路军战士牺牲五十余人，个个都是二十多岁的小伙子。听了，人的心里沉重如铁。抬起头，又一次看着雁门关。想象中，我又看到了黑云弥漫，战火漫天，一群群穿着灰色军服的年轻人，端着刺刀冲向敌人。但是，永远，我们不可能想象出他们的面容，因为，他们都没留下照片，甚至有的还没留下名字。

但是，我能想象出他们站立的样子，在黄昏里，像雁门关一样，直

立，挺拔。

他们，是民族的长城，是民族的雄关——雁门关。

阳关凭吊

车过敦煌，阳关何处？

夕阳下，平沙万里，荒无人烟，没有了芦管声声，在夕阳下悠扬苍凉；没有了碛里征人，回首望乡；没有了刁斗声回肠荡气，让人落泪。金鼓声远去，硝烟散尽，天地间只剩下一轮夕阳，在地平线上苍黄浮沉。

间或，有驼铃，一声一声，如清泉，在沙漠深处滴落。

阳关，那么熟悉，又那么陌生。对于每一个中国人而言，自小，就知道它。"你走你的阳关道，我走我的独木桥"，听到这句谚语时，我还很小，心想，阳关一定有一个很大的城门洞吧。那儿大道平直，直通天边，车马往来，人流如水。总之，那儿是一个花红柳绿的地方，随手在地上一拾，就是一个美丽的传说；随口一吟，就是一首美丽的诗歌。

到了读王维的"劝君更尽一杯酒，西出阳关无故人"时，心里，则有一片怃然。原来，阳关竟是如此凄冷，如此苍茫。想象中，那儿，一定是大漠孤烟，长河落日，旷远寥廓，苍凉无边了。

现在，终于来到阳关，来验证自己少年时代的梦。

敦煌城西七十多里处，就是阳关，三面沙丘，一面沙梁，环抱着一处塌陷的烽火台，上面有一个牌子，书"阳关古城"。一时，羌笛声声，金戈铁马，古道斜阳，白衣负剑，无来由地在耳畔眼前闪现。

然而，时下什么也没有，历史早已远去，汉唐早已成了岁月深处的纪念碑；阳关古城，也成了历史里的一道风景。心里，漫上一抹挥不去的忧伤。

沙丘上，只有千年万年的风，在这儿来去如昨；只有那轮大漠夕阳，浑圆无缺。其余的一切，都湮没在连天的黄沙中，湮没在时间的河流中。

导游说，阳关古城砖，是此地一宝，磨成砚台，就是名扬中外的"阳关砚"。有人听到，遍地寻找，有陶片，有瓦当，就是没有那物什，很是失望。

我觉得这样更好。

因为，古代的将士和他们嗒嗒的马蹄，当年西出阳关时，绝不是为了一块价值不菲的阳关砚。据说，当年他们在沙漠中开垦田地，引雪山清泉，硬是在阳关之西灌出一片北国江南，塞外乐土。

因为，当年的诗人挥别长安，作别亲人，西来阳关时，也不是为了一方什么名砚。当他们在一个细雨如烟的早晨，折一段柳枝，挥一挥衣袖时，心里一定是怀着一个美丽的梦想来看沙漠斜阳，来听荒原羌笛，或几声驼铃，清新一下自己的诗心的。

今天，我们更不应仅仅为阳关砚而来。

个中原因，我说不出来。但我隐隐约约知道，如果这样，是对阳关的贱视，对古诗的贱视，对那个遥远的岁月和文化的贱视。

古老的阳关，在大漠黄昏中，在月光如雪中，在风沙漫天中，隐藏了很多很多东西，譬如将军的长叹，譬如士兵的乡思，譬如诗人的长吟。当然，还有僧人的背影，商人的驼铃，西域三十六国的繁华，等等。这些，都在遥望着我们，等待着我们。

西出阳关。

西出，寻找我们竖行文字的往昔。

立在阳关古城遗址上，风，撕扯着我的思绪，无边无沿，没有底止。

乌江黄昏

黄昏，我站在乌江边。江水，浩荡着，呐喊着，一派雄深，一派悲壮，在夕阳下翻腾出一片怒吼，一片金铁交鸣之声。

导游说，这儿是项王自刎地，楚汉古战场。

我的心里，悚然一惊。

也就是说，两三千年前，在这儿，一代英雄走到了生命的尽头，人性的顶峰。卓立在这儿，他立地顶天，眼望西天，一声长啸，拔出腰间的青锋横剑一勒。历史，在这一刻一抖，泪痕淋漓，呛血悲泣。

以乌江作为生命的归宿，最是壮观。

以夕阳作为英雄自刎的背景，恰是适宜。

四面楚歌，是项王之死的序幕。

那夜，一定很凄冷，很幽静，只有战马的哀鸣，在一钩弯月的冷光下回荡。四野，无声，有虫鸣，如露珠晶莹。

突然，一声洞箫响起。

洞箫声如泣如诉，如怨如慕，在天地间缭绕如线。随着箫音，有人唱起思乡的歌，开始是一人，接着是一群，悲切，细腻，忧伤，这是楚地的歌声。楚声，最是感人肺腑，让人泣泪。这点，屈原可以作证，《九歌》就是例子。

楚歌声中，项王与他一生中唯一所爱的人，那位千娇百媚的女孩，那位让后世所有男人都为之仰望的女子，握手而泣。

多少男人，在失败之后，都把罪责推到身边女人的身上，三尺白绫，或一杯毒酒，把自己的龌龊，自己的平庸无能，推得一干二净。而只有这个男人，这个年轻的男人，是历史的另类。生命的结尾，他始终放心不下的是自己身边的女人，自己的战马，还有兄弟。

虞姬微微一笑，在泪眼中，在歌舞声中，用剑上的一缕颈血，以及一缕柔情，送项王上马。

虞姬一死，项王，也就失去了活下去的支柱。

汉王和项王，是绝对不同的两种人，他们根本就不宜于做博弈的双方。汉王以权力为支柱。为了权力，他可以不要父亲，不要妻子，不要儿子女儿。权力，是汉王的精神支柱。而项王则相反，他离不开心爱的人，唯愿与心上人长相厮守，并骑奔驰，陌上看花，山野射猎，樽前歌舞。

在汉王身上，时时会看到权力的欲望。在项王身后，常常会看到一个白衣飘飘的女孩，长发委地，笑靥如花，清浅一笑，天清气爽，纤尘不染：美丽，总是常伴他左右。

权力，让人感到冷酷。

美丽，让人感到舒畅。

权力，以丢失人性为筹码；美丽，以涵养人性做基础。一段时间内相较而言，权力会战胜人性；从长远看，人性则是永远不倒的丰碑。

因此，从一开始就注定，汉王必胜，项王必败。

项王带着一颗泣血的心，终于走到了乌江边。

江水浩荡，夕阳如血，项王看着手下的兄弟一个个倒地而死，热泪盈眶。

一只船，一只唯一的船，就停靠在良心的岸边，停靠在几千年前的渡口，等待项王上船。项王仰天一笑，道，随我一起渡江的八千子弟，全部捐躯，我为什么还要单独渡江啊？

是的，从一开始，项王就没打算渡江，他的突围，仅仅是为了给兄弟们杀开一条生路。

虞姬已死，八千子弟兵已染血沙场，爱情与友情，已在金铁交鸣之中、金戈铁马之中流失，自己，为什么还要活着？

美丽已失，人性已失，这个世界，还有什么值得留恋的？

目送着自己的战马随着那只小船越行越远，项王的心里，所有的负担，在这一刻全部消失，他终于可以轻松地走了，离开这个尔虞我诈的世界，离开这个充满欺骗和肮脏的世界。

青锋一横，历史，划上了一个句号，也划上了一个英雄时代的英雄的休止符。

乌江江心，一声嘶鸣，那匹乌骓也一跃而入，沉入乌江，做了英雄最后的伴侣。

只有乌江水，在咆哮着，翻滚着，从历史深处，一路奔腾，奔腾到现在，奔腾向未来，奔腾在汗青史册中，奔腾在一个民族的血脉中。

镇安行

镇安是座山城，小，却干净，山清水秀，绿树成荫，让人置身其中，如走入一个天然的园林。

大山大水，是散文，是小说，给人一种开阔的壮美。

镇安，绝不是这样，它要独辟蹊径，做一首绝句——唐人的绝句，而且这样的绝句自然，纯朴，绝不矫揉造作。古人说："文章本天成，妙手偶得之。"用在镇安的风景上，也说得恰到好处。

镇安的风景，站在翠屏山上，可一览无余。

翠屏山，紧紧偎依着小城耸立。沿着街道走，再走，走到尽头，有路蜿蜒，石阶铺道，向翠绿深处延伸，问当地人，说是去翠屏公园。

"这儿就是翠屏公园吗？"我们一脸疑惑。

"当然。"当地人回答，一脸得意，也一脸阳光，负手漫步，一个台阶一个台阶向山上走去，一直隐没在夕阳光里。

我们望了一会儿，也跟了上去。路在树林中曲折，时时有楼房隐现，给人一种世外桃源之感。路走一半，对面一座小小的山，上卧一亭，有熟悉的人说，是余公亭。去看，果然，亭旁有碑，为纪念本县清朝一个姓余的清官，这让我大为得意，因为我们五百年前本是一家啊。同游的朋友大不以为然，唯笑而已。

青山绿水间，有此一亭，有此一洁净古人相陪，实在让山水生色不少。

沿此上去，有一阁楼，其后是文庙，孔子双手相握，慈眉善目，这是我第一次见到孔子雕像。有同游朋友叫金淼的说，如果把掌印拓在孔子腿上，以后作文，自会文思泉涌。而且极力撺掇我这样做。我左右望望，实在不好意思下手。因为，这儿处处干净如洗，自己怎好意思首开恶例？回来想想，环境美化其实不在制度，而在于习惯。小城人，就有这种好习惯。

继续沿山脊往上，一塔高耸，直插半空，让人一见，惊讶不已。塔名魁星楼，名副其实。

站在山顶，披襟当风，遍体生凉，俯视山下，镇安城如月芽状，围住翠屏山，楼房工整如棋子，巷道平直如棋盘。二水夹流，穿城边儿过，在灯光影里，脉脉含情，如女孩的眼睛。

下翠屏山时，已是灯火阑珊，回望，魁星楼在灯光下如天宫玉宇，翠屏山如仙山氤氲，让人叹为观止。

同行的人介绍说："翠屏景色还不如虹化呢，虹化小巧玲珑，宛如盆景，但小巧中更有精巧布置，山中藏山，景中隐景，一步一景，步随景移，景随步变。明天空闲，可去看看。"

第二天，大雨倾盆，难以上山，无法，唯有对着虹化远望，只见一角亭子，如鸟翼斜翘，悠悠欲飞。人的心，在这一刻也似乎想飞起来。

可惜，望望而已，终是未游，第三天，我们就坐车匆匆离去。心中终是留下一丝遗憾，但有遗憾最好，给人产生一种时时回望思念的感觉。

能不忆镇安？

第四辑

在清风明月中徜徉

一轮中秋月

中秋一到，月儿，一天天丰盈起来，一天天白净起来。

中秋月，如同躲在深闺里的女子，渐渐长成，出落成绝世容颜，一笑倾人城，再笑倾人国。她从"冷露无声湿桂花"中曼妙走出，从"秋澄万景清"中婉约而来。它"转朱阁，低绮户"，透过窗棂，用自己洁净空明的光，柔柔地抚慰着离人的忧伤，以及脸上的泪花。它高空照影，清光如水，与孤寂的诗人"对影成三人"。它脉脉含情，以凄迷的离愁，映白了驿馆的床前，一地霜花，空庭积水。它照亮了客地的山林，纤毫毕现，虫鸣如花。

中秋月，总是那么多情。

中秋月，又总是那么柔肠百结。

它如一粒饱满圆润的泪珠，高悬在思念的天空，欲落未落。

它如一枚感情的邮戳，把无边的思念，邮寄到远行者心灵的天空中，满满当当，充溢天地。

它如思妇的目光，总是那么浓那么酽，水汪汪的，无论远行者走到哪里，也走不出它楚楚的注视，默默的问候。

中秋月，照亮了二十四桥，照亮了箫音如水的江南。

中秋月，照亮了西湖，照亮了许仙和白娘子如泣如诉的黄梅戏。

"露从今夜白，月是故乡明"，它照亮了诗圣飘零的孤影，照亮了柳永的《雨霖铃》，"今宵酒醒何处，杨柳岸晓风残月"。长亭外，古道

边，不是芳草碧连天，是月光无边无岸，一直延伸到思念的远方，延伸到天地的尽头。月光下，张生和崔莺莺执手相看泪眼，竟无语凝噎。

书生小姐的离别，总有月光如水，笼罩原野。

灞桥酒后挥手，柳堤外，客舍旁，总有一轮明月相伴。

"同是天涯沦落人，相逢何必曾相识"的浔阳江头，江心的知己，也是这轮中秋月。

这轮明明之月，是古诗词浸泡的，是汉文字喂养的，是二胡琵琶芦管清洗的，是长空雁唳落叶清霜擦拭的。

宋词，会陪伴着李清照韶华褪尽，沿着岁月的石板路渐行渐远。

人事代谢，往来古今，才子佳人，长亭古道，"鸡声茅店月，人迹板桥霜"，都会在岁月里一天天消失，成为一方看不见的风景。

暗淡了水袖飘摇，远去了桨声灯影。

可是，这轮月永存。

它挂在小楼的一角，照着思妇，照着她们滑落眼睑的清泪，在月光下，闪着丝丝光彩，缓缓落下，珍珠一样。

它掩映在故园的桂花树影间，桂香淡淡，思绪漫漫，和月光羼杂在一起，氤氲驳杂。月光中，浮起一声声虫鸣，还有声声乡音。

它出现在东山顶上，照着故乡的山水、树木，照着故乡中秋的月饼，以及月下牵延不断的记忆。

少年时，对着月，吃着母亲做的月饼，那时，一切都是那么朦胧，美好，就如中秋月一样完满，纯洁。

青年时，远去求学。中秋的夜晚，总有一轮月出现，陪伴着自己，恍如故园的微笑，恍如外婆歌谣里的外婆桥。

中年时，异地漂泊，中秋月就成了故乡，成了故乡的替代物。因为，它来自故乡，来自亲人的仰望，来自故乡的东山顶上。

有一轮中秋月，思念永不孤寂。

有一轮中秋月，无论走到哪里，我们总能找到回家的路。

有一轮中秋月，我们不会迷失，在滚滚红尘里，总会跋山涉水，沿着染满苍苔的小径，一步步走出名利的围追堵截，走出物欲的尘嚣，找到一条良心回归的路。

思念一条小巷

思念一条小巷，尤其在忧伤的时候。

此时，应打一把伞，在丝丝缕缕的细雨中，慢慢地走进这条小巷。雨细一点最好，小一点最好，如箫管中吹出的音乐，若有若无的。

这样的雨，细薄如忧愁，和一颗心最为吻合。

巷子应很古，也应很旧，有岁月留下的痕迹，或是雨溜的痕迹，或是斑驳的苔痕。巷子两边的房子，瓦楞上有狗尾草，有瓦松。风火墙上，有雕花镂纹的窗户，还有楼阁柱头的雕兽，在细雨中显现出时间的厚重，以及岁月的漫长。

这时，心里的忧愁，是轻轻淡淡的。

这时，脚步也是轻轻柔柔的。

在雨中走着，带着一种稍稍的失意，带着一种红尘的得失，带着一种名利上的缺憾，反正，总带着一缕难以言传的心思，就这样慢慢地走着，一直走向小巷深处，走向细雨的哀曲里。

巷子总是一折一撇的，墙头上有青藤斑驳，扯出一丛青绿，罩着一片墙头，罩成一片李清照"人比黄花瘦"的小词，罩出一片婉约。雨飘飘洒洒地落下，落在叶上，落在藤蔓上，叶子和藤蔓显得翠亮，显得洁净，在

雨里亮得醉眼，直透入人心中，甚至透入人的血管与灵魂中。

小巷仄仄的道上，应铺上石板，石板被岁月早已打磨得光滑一片。脚步踏上去，空空地响，在仄仄的巷道上发出亮亮的回音。自己的心中，这时，也发出空空的回音。

小巷，是静静的。

心，也是静静的。

巷子中，窄窄的木板黑门，紧紧地关合着，突然打开，传来"吱呀"一声响，一张水水白白的脸儿露出来，亮亮地喊道："呵，下雨了，快出来啊。"没见同伴出来，转头一看，见了行人一笑，又羞涩地关上了门。

院子里，顿时响起叽叽嘎嘎的笑声。

小巷深处的女孩，就如小巷一样，缺少烟火味，缺乏红尘味，缺乏一种麻辣泼妇味，清清纯纯的，有一种荷花出水的样子。

在小巷的拐角处，有一个小小的楼阁，朱红色的，已经土漆斑驳，垂垂老矣。阁楼的檐下有块空地，摆着一张石桌，还有几张石凳。几个老人围坐着，在下着象棋。有的撑着下颌，在旁边看着；有的拿着棋子相击，"嗒嗒"有声；有的则喝着茶，一条腿搭在椅上，瞑目不语。

在小巷中住着的人，都气定神闲，有一种道家气，有一种仙气。

得失，是小巷以外人的感觉。

争高论低，也被拦在小巷外面的世界，难以进来。

小巷，是另一个世界。这儿远离了喧嚣，远离了红尘，也远离了尔虞我诈。在外来的人的眼里，小巷总是显得那么切近，可又那么遥远；显得那么亲切，可又那么陌生。

失意了，走进小巷，会走出一种轻松。

失败了，走进小巷，会走出一种解脱。

生气了，走进小巷，会走得心中了无纤尘，

总之，烦恼时，不要枯坐书房，一言不发。应走出去，沿着那条小巷，悄悄地走着，一声不发，走入闲静之中。你的心，此时也就变得静静的，如一泓静水，波澜不惊。

这种净，是一种大彻大悟。

可惜，从红尘中来的人，必将走入红尘。那么，就把这条小巷藏在自己的心中吧。在繁忙中，千万别忘了让自己的思想去徜徉一番。这时，就有雨淅淅沥沥地下着；这时，一颗缩水的心也就变得丰满鲜活起来。

在清风明月中徜徉

一

流觞曲水，一歌一咏，南朝人潇洒如诗。

木屐青衫，徜徉山水，南朝人飘逸如仙。

漫步斜阳，荡桨水上，看江南儿女，湖上采莲，江边清唱，南朝人自然如露。

总是向往南朝人，向往南朝的生活，向往他们漫步山阴道上，看红叶缤纷的悠闲；向往他们采菊东篱，南山在目的闲散；向往他们挂帆江上，钟情故园莼菜鲈鱼的洒脱；向往他们高卧松云，蔑视富贵的高洁。

我们，把生活过得烟熏火燎，毫无生机；南朝人，在阳春三月，杂花生树中，一觞一咏，极尽风流。我们，车轮滚滚，南北奔波，从无懈怠；南朝人，或油壁车，缓缓驶过古道，或骑着马，悠闲地沿途看柳。我们，远离故乡，远离故土，置身红尘；南朝人，坐一只小船，"舟遥遥以轻飏，风飘飘而吹衣"，走向故园，走向草庐，走向炊烟升起的老家。

我们，把生活过得粗疏；南朝人，把生活过得精细。

我们，把生活过得一片灰白，毫无滋味；南朝人，把生活过得花红柳绿，一片明媚。

我们，把生活过成一潭死水，春风也吹不起一丝涟漪；南朝人，把生活过成春江花月夜，波光荡漾。

和南朝人相比，我们应当悲哀，应当停下脚步，好好反思一下。

二

古诗说："南朝四百八十寺，多少楼台烟雨中。"每次读到这诗，就让人神往，眼前就出现南朝人的影子，甚至他们恬淡的微笑。他们长袍广袖，行走在江南山水中，在山林中悠游，在松林下徘徊；或者坐在山石楼台间，捏一支长箫，在细雨如烟中，吹奏一曲，让满腔的幽思，让无边的孤独，都飘散在无边的烟雨中，和向晚的钟声一块，慢慢飘远，飘入天的尽头。

南朝人爱美，更会享受生活的美。

他们酿酒，杏花村的酒，从他们酒杯中香气飘逸，缭绕数百年不散，引来杜牧，寻找酒家，鞭马而去；喝醉了苏轼，多少年后，仍念念不忘"我是朱陈旧使君，劝农曾入杏花村"。

阳春三月，芳草如丝，绵绵延延，铺向天边，他们会二三友人，结伴而行，去山上看花，来陌上踏青，告诉没来的朋友，"绿草蔓如丝，杂树红英发。无论君不归，君归芳已歇"，珍惜美好，叹息时光的情味，充溢其间。

在如纱的春风中，在如丝的细雨里，在"柳叶带风转，桃花含雨开""水照柳初碧，烟含桃半红"的早春，在"叶密鸟飞碍，风轻花落迟"的夏季，在青花瓷一般的江南山水间，他们漫步，他们徘徊，他们细细地享受着生活给予的一切，享受着自然给予的一切，享受着稍纵即逝的美好。

他们欣赏着"喧鸟覆春洲，杂英满芳甸"的春景，醉心低首，不思归去；他们拿一本书，坐在西窗下，倾心于"榆柳荫后檐，桃李罗堂前"的浓绿阴凉，舒心畅意；他们在"日暮伯劳飞，风吹乌桕树"的深秋，也会沉醉，迷失。

离别虽凄凉，虽让人魂牵梦萦肝肠寸断，可是，那分别的地方，还有景色，在他们笔下，都是那般美好，让人读之，眼前一亮，"积石如玉，列松如翠"，"开门白水，侧近桥梁"，后世的爱情诗中，再也没有了这么美好的离别景色，如果有，也只会出现在白娘子救夫金山，黄梅戏里的唱腔中。可是，它们也是出自南朝，至少是南朝人开发的美景。

三

南朝人善于享受美，是因为他们灵心独具，慧眼独识，善于发现美，善于在生活中，在山水中，在平日的细节中，注意美。

因此，他们永远生活在美中，生活在清风明月中。

几百年后的李白，无限敬仰地道："解道澄江净如练，令人长忆谢玄晖"，历史的竹青木简上，翰墨流香，名句如月，只有谢朓的"余霞散成绮，澄江静如练"让一代诗仙低回婉转，赞叹不已——没有对生活的感受、观察，是难以做到的。

南朝人，沉浸在生活中，做一根青葱的水草，做一朵六月荷花的，不止是谢朓一人。同是谢家人的谢灵运，更是以"池塘生春草，园柳变鸣禽""白云抱幽石，绿筱媚清涟"，工笔细刻，写尽山水姿态，因而，也毫无悬念地成为山水诗歌的开派大师，站成一座丰碑，一种风景。

南朝人，或独立水边，欣赏着采莲女子"棹动芙蓉落，船移白鹭飞。

荷丝傍绕腕，菱角远牵衣"的动人美景；或走入田野，感受"晨兴理荒秽，带月荷锄归"的闲散。更多的则是走入山林，与青山为伴，与白云为友，优哉游哉，聊以卒岁。

因此，南朝人的散文，灵动如云，自然如水，明白如瀑，优美如雪映梅花风吹水面，毫不凝滞，毫不做作，将自然的美，呈现在纸上，呈现在案头，使后人读了，悠悠然走入"高峰入云，清流见底。两岸石壁，五色交辉。青林翠竹，四时俱备"的水墨画中，自己也仿佛成了画中人物，成了山中隐士，世外高人。

当南朝人走在"风烟俱净，天山共色"的江南山水间，当南朝人面对着"水皆缥碧，千丈见底。游鱼细石，直视无碍"的流水前，当南朝人仰望"负势竞上，互相轩邈，争高直指，千百成峰"的高山时，他们当然会"望峰息心"，会"窥谷忘反"。

因为，他们已经沉醉于他们发现的美中，一醉千年。

四

后世中，写南朝诗的，首推唐人和宋人。他们，写出了南朝人的生活情态，道尽对南朝景物的赞美，向往。

他们的诗歌，与其说是他们写的，不如说是南朝人帮他们创造的。

南朝人，一方面发现美，享受美；另一方面，他们更是积极地创造美，建设美，把他们的生活，他们的山水，点缀成一首立体的诗歌，一幅流动的画面。

扬州的月下，二十四桥上，明月如霜，美人如月，箫声一缕，翻空飘扬，袅娜一线，直上云霄，把月光逗起一丝丝涟漪，把流霜逗起几朵水花。这样的景色，杜牧看见了，是他的福分，因为他生在南朝人之后。南朝人，用他们诗一般的艺术，创造了诗一般的美景，供后来人欣赏。

镇江的"金陵津渡小山楼",是他们建造的,不然,对面的两三星火,是无论如何也难以进入后来者的眼中;京口的城砖,是他们垒起来的,北固楼也是他们修建的,否则,诗人纵使把"吴钩看了,阑干拍遍",也写不出这千古名句。

没有南朝人细致的生活,没有南朝人诗一般的眼光,历史上,可能就没有了山水田园诗,没有了《兰亭集序》,没有了吴带当风的美妙画卷,没有了梅子雨一般的黄梅调,没有了情意万千的《西洲曲》,没有了唐诗中很多美好的诗歌。

杜牧,可真得躲进杏花村,喝一杯清明酒,清泪直流。

辛弃疾也唱不出"满眼风光北固楼",只有让浩然长叹随长江之水滚滚东流。

五

弹指一挥,就是一千多年,南朝风韵,南朝人的生活方式,已经渐去渐远,终于成了一方风景。

今天,身处红尘的我们,再也无法体会到南朝人的生活,南朝人的幸福,南朝人精神底层的诗意和浪漫潇洒了。

把生活精细化,艺术化,诗歌化,是南朝人孜孜以求的,是他们生活的实质,也是我们后来人所失去的,所缺乏的。

这,是南朝人的骄傲,是现代人的悲哀。

月　光

　　漫步月下，白光一地，如积水一般，照得庭院皆空，纤毫毕现。此时，一个人，一身薄衫，在月光下，或者静思，或者伫立，都是古诗中的意境。

　　苏轼写月时，用"白露横江，水光接天"，写尽月色之美，以及月光下人之逍遥：驾一叶扁舟，荡漾于空明的月光中，此时，天地辽阔，江月浩荡，一舟如芥，人小如浮萍，浮荡于洁净的银光中，看弥天的月光与无边的水光交映，看淡淡的、若有若无的雾气遮在江面上，一定会让人产生一种乘风欲飞、飘飘登仙之感。

　　可惜，他写的是十月十六的月光，和中秋月相比，多了份凄冷，少了份思念。

　　中秋月色，是宜于独望而不宜于玩赏的，因为，中秋之月是中国人的一枚感情邮戳，是中国人感情的凝结，思念的寄托，它只适宜于庄重地仰望，而不适于闲适地赏玩。

　　看中秋月，还宜于带一种别离后的愁绪。

　　这时，你可以独倚高楼，面对无边月色。月，高悬天上，默默地和你对望，四周没有一丝云。当然，有时也可能有，都是一缕一缕的，羽毛一般，或丝纱一样，从月的脸庞擦过。月，在这梦幻的云中更见风致了，一种稍带羞涩的风致。

　　月把满把的光辉挥洒下来，把远处的山，山上的树林，还有一户一户的人家，都淹没在温馨的光中。远处，传来笑语声，还有虫子切切的叫声，一切，都平和，安静。只有你的心不安静，在思念着远人，默默计算着他的行程，和他此时月下长叹的样子。

这时，月已非月，而是一颗硕大晶莹的泪珠。

没有思妇，中秋之月就少了无限的意蕴，少了无限的古典韵味，那月中嫦娥也成为了一个干巴乏味的故事。

看中秋月，更宜于在旅舍，无论巴山深处，还是江南二十四桥旁边。

月光，涌入旅舍的窗户，你尽可灭了灯，让一地月光洒落床前，你也就体会了一把诗仙那种"举头望明月，低头思故乡"的感受，你也就变成了一位多愁善感的诗人。

谁说诗人就必须挥毫泼墨，才能写出诗句呢？其实，每一个多愁善感的人都是诗人。在滚滚红尘中，我们的心日益硬化，结痂，变得毫无弹性，缺乏感觉。能在中秋月下，让心疼一下，酸一下，是对心的滋润，对良心的清洗。这样，也实在是很不错的。

我们缺乏感情的心，干涸得太久了。

当然，在这样的月光下，还可以走出旅馆，捏一支长笛，轻吹一曲。月下，枝影斑驳，如水中的荇藻。一曲响起，袅袅一缕，如银丝，如片羽，让它满空游走，自由西东，托着你的思想，托着你的思念，托着你心中总也说不出的愁绪。

这时的曲子，不须歌曲的约束，尽可以信口而吹。

一曲吹罢，脸上凉凉的，有泪盈颊。心，也会在这一刻丰满而活跃，如雨露清洗过一般。

谁说的，雨后青山，如雨洗过的良心。

沐浴过中秋月光的心，一如雨后青山：草儿碧绿，花儿盛开，鸟儿鸣啾，一片诗情画意。

唐人的清明

唐代的清明，一定不是这样的。

唐代的清明，杏花一定很薄很细，如在最细最薄的宣纸上，用羊毫点上淡淡的胭脂，再渗上水，轻轻一笔，晕染而成。

唐代的杏花就那样怯怯地开着，开在山沟里，开在山洼中，开在故乡老屋旁，开在祖先坟冢前。有风吹过，一片又一片，悄然飘落。

唐代的清明，一定有雨，很细很柔，看不见，但触摸得到，飘在脸上，牛毛一样的清凉。

走在细雨里，衣服上没有雨的湿渍，手上没有雨的痕迹，甚至路上也没有雨的印迹。可是，刚出土的草儿，却润泽起来，湿漉漉的。抬眼望向远处，一片空蒙之色，那是清明雨吧，是清明雨在画出千重哀愁万种忧伤。

唐人在清明里该打着伞吧，或者，该骑着驴吧？

他们一定会青衣薄衫，走过石桥，走过山阴道，踏着飘零的杏花，一步一步，走向远处的故山，走向祖坟所在的地方。

他们的清明诗文，总是那么多情，那么哀伤，让人不忍卒读，不忍卒听，读之肠断，听之鼻酸。

"故园肠断处，日夜柳条新"，是他们对亲人的无尽思念，如河中之水，不舍昼夜，向东流去。

"风光烟火清明日，歌哭悲欢城市间"是他们的悲伤，如三月春草，茫无边际，一直延伸到天边，延伸到岁月的底层，延伸到心灵的深处。

"何事不随东洛水，谁家又葬北邙山"的哀婉，"冢墓累累人扰扰，辽东怅望鹤飞还"的哀伤，"乌啼鹊噪昏乔木，清明寒食谁家哭"的泣血，每一字，每一句，每一声，都在古诗文中回荡，透过岁月，传递到我们的心灵深处，让我们的灵魂里，一片细雨，没有底止。

唐代的清明时节，一定也有游子吧，他们大概也像我们一样，孤帆远影，单人匹马，或走向江南，或置身塞北，或飘零在千里之外。

他们的心中，一定也落花满地，残红无边吧？

他们的灵魂深处，一定也细雨缠绵，湿意弥漫吧？

在那样的日子，在"跫音不响，三月的春帷不揭"的日子，这些走过异乡的人，他们的思念，大概也如清明雨一样吧，飘飘洒洒，缠绵无边？

江南的女子，虽微笑如花，却唤不回游子故园的那一抔黄土情；塞北的酒，虽韵味无穷，可抵不住蚀骨的孤独。

他们，一直在古诗中徘徊着，沉吟着，走了千里万里，却没走出清明这个坎。每年，寒食一到，清明就来。他们或在渭城寒舍里，或在巴山驿站间，或在杏花村的酒店中，一杯浊酒，醉倒在清明的门坎边。

他们醉了，被清明饮醉了。

他们流泪了，酒入愁肠，三分化为思念，三分化为孤独，还有四分，平平仄仄，化成断肠的句子，出现在线装书中，出现在翰墨淋漓中。

一千多年过去了，清明雨没断，蛛丝一样飘，飘在历史深处，飘在方块字垒起的小巷里，飘在断桥边，飘在渭水旁，飘在我们眼中，润入我们心中。

我们的心中，一时，草色如染，柳色如洗，水色弥漫，一片空蒙。

在空蒙的水意中，在断肠的清明雨中，我们也学着唐人，撑一把伞，在遍野的草色中，在盈耳的鸟鸣中，走出都市，走回山中，走向祖宗那遥远的坟茔。

走一回清明，我们的心就会变得安稳沉静一些，变得落实一些，我们知道，无论走出千里万里，我们都不是游子，不是过客。因为，我们有根。

这根，就叫——清明。

秋日正好

出去走走吧，此时，秋日正好，阳光如练。

但是，别在细雨中出行。

秋日的雨，有一种西子捧心状，有些纤弱，有些缠绵，有些婉约。心情好时，走在细雨中，"雨中黄叶树"，一片片叶儿落下，带着雨意，带着秋烟的寒意，犹若一声声微微的叹息，尚且让人受不了，何况心情郁闷时？

细雾迷蒙的天，也不适宜出门。

秋天的雾，总是有点多愁善感，有点惆怅无涯，一会儿变成纱状，一会儿又浮荡如梦，可无论如何千变万化，总脱不了一个愁字，就如林黛玉，笑也好，哭也罢，或者不笑不哭吟诗的时候，也浑身脱不了一种凄凉的意味。

秋天，是有一丝凄凉，一丝冷落。

别说冷雨，别说雾中远山，就是那一粒粒青嫩的浮萍，在秋日的池塘中，也显得寒颤颤的，有着几分冷瑟，几分凄冷。更何况，还有枯草发出瑟瑟的干枯声，还有一两只鸟儿落下几声孤零零的鸣叫。

秋日田野里，静悄悄的，是一片大静，是一种寂静。

寂静，是能透骨袭髓的，是能深入魂灵的。这时，一颗游子的心，是最容易受到感染的，最容易被侵袭的。所以，我不敢想象，不敢想象客地之人，一身薄衫，形单影只，伶仃在凄风冷雨中，是一种怎样的孤独，一种怎样的落寞。

然而，今天真的很好。

今天，云淡淡地开了，最终彻底散了。久雨后的天，干净得很，是一片蛋青色，是一种净净的蓝。可是在这种蓝中，却泛着一尘不染的白光，纤毫毕现的白光，照着天地，照着万物。这时，连天地也一尘不染，连树叶、房屋，甚至小山都泛着淡淡的光。这种光，是一种温馨的光，一种慈爱的光，一种母性的光。

在这样的天气，出去走走吧，别一个人独坐在书房里，枯坐如木。

散步，也是散心啊。

在这样洁净的光中，把所有的烦恼扔掉，把所有的名利得失都扔掉，所有的过往也都别放在心上。一个人走出去，走下高楼，走到秋日的荒野，不带丝毫心思，慢慢地走，随意地走，什么也别想。

远处的山，在晴日下，是显得清瘦了一点儿。但是，几日的雨，却让它秀气了，蜂肩纤腰的，别有一种韵到骨子里的美，一种浸透了古诗词韵致的美。更何况，山上还有灼灼红叶，还有青松翠柏点染着。红叶林中，掩映着一座亭子，如一只白鹤，做出展翅欲飞状。有人叽叽喳喳脆语，是几个女孩，一边看着红叶，一边惊叫着，大红的衣衫，映衬着红黄的树叶，另有一种美。

再远处的山，只有微微一痕，但却清晰可鉴。

远山近水间，是一片嫩绿，如一块绿色的丝绸，光光滑滑的，在秋光中，嫩得醉眼，嫩得清新，是一块块麦苗。

人家的房屋是洁净的，炊烟是直直的一缕两缕。

阳光，如玻璃过滤过一样，一把一把洒下，把一切都笼在其中，包

括来往行人，包括山树房屋，包括长空掠过的鸟儿，还有鸟儿的鸣叫。当然，也包括荒野上的你。

在这样的光下，你的心一定会缓缓展开，洁白如荷，清淡如菊。

天，终于放晴了，阳光亮亮的，流荡在窗玻璃上。此时，秋日正好，原野清静，最适宜散心。远在异地的你，别在房内枯坐，还是出去走走吧。

外面，一片洁白。

坐对一轮秋月满

大雨之后，天空，如情人的眸子，干干净净的，没一丝云的影子。

有人说，世间最干净的东西有三：婴儿的眼睛，恋人的情话，雨后秋夜的天空。这话说得不错。今晚，恰好就是这样的天空，更何况，天空中还有一轮明洁的月。

几日的细雨，天空有些滋润，仿佛能沁出水光。月亮，仿佛平静水面上的一个轻盈的水漂，好像不经意间能击出几朵水花似的。

今夜的月，真的很丰盈，也很温柔。

大概有水意弥漫吧，今夜的月亮，就给人一种波光激滟的感觉，如从水中刚捞出来的金盘，又如一个慈眉善目的少妇，让人产生一种想触摸一下的感觉。

四野很静。一天的工作也已经完成，掇一张竹椅，坐在院子里看月，看今夜一轮满月，是一种可意会而难以言传的享受。

远远近近的山峰，在水一样的月光下静穆着，仿佛怕一不小心，会惊跑了月似的。向对面看，山上的树，尤其山尖上的，竟历历在目。真想上到这样的山尖，在月光下的草丛里睡一觉，铺着满身月光，一觉睡到天亮。

河里的水，在月光下，仍是缓缓地流着，不急也不缓。但是站在院子里，可以清晰地看见一条闪光的带子，在门前延伸着，有亮亮的碎波，如散碎的银子。

月亮升得还不够高，所以，对面的山，山尖亮亮的，可是山的正面，却一片墨黑，仿佛浇了墨汁一样。

月光铺在院子里，枝影铺洒了一院子，让人不敢下脚，生怕一脚会踏碎了这一片月光似的。

这样的月夜，只宜于静静地坐着，任一缕思绪，在月光下飘飞，如一片洁净的羽毛，在月光下任意西东，随意高低，飞到天边，甚至是宇宙的边缘，飞到人永远到不了的地方。

当然，这样的月夜，弄一支竹笛，吹一缕笛音，也是很美的。曲子，不必特意选哪一首，可随意所生，信口吹来，最好是忧伤一点的，因为，月光，是忧伤的底色。

古人有诗"今夜月明人尽望，不知秋思落谁家"，月夜，是宜于思家的，更何况是月圆之夜，是万家团圆的中秋月圆之夜。

如果漂泊在外，浮萍一般，更应望月。望月，你就会想起故园在月下掩映的样子，想起门前桂花树下蛐蛐的叫声，想起白发老母在月下擦拭着眼泪，想起红颜的妻子倚窗独思。你就会潸然泪下，在这满月的光中。

这真是一种幸福，一种思念而忧伤的幸福。

感谢中秋月，中国文化浸润的中秋月，它让我们知道，我们的那一轮月，那么多愁善感，那么韵味无穷：它绝不同于别国的月亮。

永远，它是游子心中的故园。

夏雨如妹

夏雨和春雨不同，春雨是少女，羞羞涩涩，欲说还休。夏雨，则是一个少妇，有另一番韵味。她丰满、圆盈、健康。总之一句话，和春雨相比，她多了一分泼辣，一分直爽，一分急切。

如果是人，夏雨是一个热心肠的少妇。

她不含羞作态，来也匆匆，去也匆匆，刚才还是一片晴空，一会儿扯来一片云，还不等你来得及戴上斗笠，或者跑回家，"噼噼啪啪"，一串串白亮亮的雨点落下来，把你淋个落汤鸡。恰到好处地，然后，她停了，太阳又照出来，一片洁净。

你说她恶作剧也好，你说她开玩笑也好，反正，你不会厌恶她。因为，那凉爽的风，习习而来，一身清凉，好不舒坦。

当然，她也生气，而且脾气挺大：电闪雷鸣，大雨倾盆，一时间，天地之间一片迷蒙。在这一刻，一切都在战栗，树耷拉下头，草儿也弯下了腰，狗夹着尾巴跑回了窝，鸡儿一身精湿地蹴在檐下。只有一些顽皮的孩子，站在檐边，把一只脚伸在檐下，接着雨水，接出一串串顽皮的笑声。

气，也有生完的时候。

这时，天边还有隐隐的雷声，可雨却停了，云渐渐散开，大概有点为自己刚才的失态不好意思吧，西天边，蓝得见底的天上，抹上了一层胭脂。而且，天空还悬垂着一弯彩虹。刚才还躲在屋里的人，都跑出来，指指点点，尤其是那些小孩，又跳又叫，一声声喊："爸，爸，那是啥？"

"是彩虹。"大人说。

"不，是桥，能从天的这一边走到那一边。"孩子说，然后盯着天空，盯出一个童年的梦。虹消失了，孩子们又忙开了别的游戏，呼喝着，蹦跳着，院子的水塘这时成了他们的战场，打起了水仗，稍不注意，"哧溜"一声，跌在地上，成了一个泥猴。大人们在旁边看着笑着，决不呵责他们：谁还没有个童年？谁在童年里，还没在夏日雨后疯玩过？

夏日雨后的田野，尤其碧翠得醉眼。

荷塘中的荷叶，干干净净的，里面有一窝儿白水，亮亮的，珍珠一样，风一吹，一侧，珍珠变成碎玉，落进塘中，一串清响，吓得几只青蛙停了叫声，一跃上了岸，还有的蹲在荷叶上，鼓着腮帮子，"咯哇咯哇"地叫着，好不快活。

地里的瓜果叶子，山上的树叶，都张开身子，在傍晚的风中呼吸着，招展着，呐喊着，喊出一片生命的快乐。

晚上，坐在庭院里，听着田野里"咯吧咯吧"一片声响，母亲说，这是玉米拔节的声音，夏雨有肥呢，不信，明天你看，玉米会蹿得老高老高。

母亲说得是不错的，真的，第二天到地里去看，一棵棵玉米比昨天高了许多。原来，即使生气，夏雨也含着无限的爱意。

夏雨如妹，如一位急性子的少妇，如初为人母的少妇。即使生气，也带着爱意，别有一种韵味。

浪费时间

时间是用来浪费的。谁说的？这话很好。

第一次听到这句话，我正站在楼上，透过窗子，阳光洁净地照在玻璃上，水一样净白。有一只蚊虫，轻轻地扇着翅膀，驮一抹秋季的暖阳，在窗玻璃外撞着，"叮叮"地响。

这是一只无所事事的蚊虫，就如我，此时也无所事事。无所事事，而且心里没有一点沉重感，紧迫感，真的很美。

在小城，我租住着郊外一套小楼，长大的窗子，蓝花窗帘落下来。早晨起来，或在落日黄昏中，我都爱站在窗前，消磨掉每周星期天的那点悠闲的时光。

窗户对面，是青葱的远山。

早晨，山上的雾没散，薄薄的，薄得如一阕婉约的江南小令。雾中，透出一种幽幽的蓝色，如女孩的眼影一般，淡淡的，沁着微微的清凉，让人的心中也沁着清凉，轻如蝉翼的薄凉。

雾，慢慢散开，山也露出青嫩的眉目，如邻家少妇一样，一派婉约。人的心，此时也一片亮光。

至于黄昏的山，远远地看来，有一种悲壮，一种苍凉。

夕阳下的大山，显得格外清晰，包括房屋，包括树木，还有劳作的人，历历在目，如在掌中。再远的山的深处，有炊烟一柱，直升天空，淡淡一撇。有鸡鸣的声音，隐隐传来，朦胧而又清晰，恍如故乡就在眼前，老母就在檐下。一时，竟有一缕酸楚的思乡之情，直漾上心头。

酸楚，也是一种享受，只会在悠闲的时候，袭人身心。

在故乡的小镇，我爱散步，用这种方式来浪费掉自己的一点悠闲的时间。

小镇的侧面，是一面坡，一条曲曲弯弯的小路，一直升上去。路的两边，有草如毯，有花如星，一只只虫子在花草丛中鸣叫着，扑腾着，有振翅声，窸窸窣窣。远处，山歌声时时响起，在亮亮的天空下回旋。

一旦改完作业，备好课，我会走出去，沿着小路，一步一步向上走。一般地，我从不找朋友结伴，也害怕路上遇到熟人，就这样一个人漫步，漫无目的地走。

这时，所有的声音都远去了，或者说，都离开了我的耳朵。

天空，蓝蓝的，有一片两片的云儿，轻轻擦过。风很薄，如透明的纱，在面颊上拂拭。一趟下来，一身的沉重，满心的疲惫，都被风吹向了天尽头。

古诗"因过竹院逢僧话，又得浮生半日闲"说的大概就是这种心情。

是的，浪费时间，就是一种心情，一种悠闲。

在红尘里，我们太忙了，太累了。所有的一切，都逼迫着人如陀螺一般，不停地旋转，早已异化为非人，成了机器。

在紧张的工作中，为什么舍不得消费一点时间呢？

在阳台前坐着，看竹影筛墙，斑斑驳驳一片，拢一片阴凉，也在心中拢一片碧绿。看着浓荫，随意吟几个句子，或平仄，或不平仄，是一种浪费时间。

在后院的紫藤花架下，掇一张躺椅，斜躺着，看着一串串紫藤花珠光宝气。即使有一朵两朵花落下，落在身上脸上，也懒得去拂，也是一种浪费时间。

在夏季里，找一个清澈的水潭，跳下去，快乐地洗一个澡，然后爬

起来，躺在洁净的沙滩上。头上是一片刺架的青葱，任阳光透过枝叶洒下，星星点点，一个人也慢慢睡去。醒来，已是午饭在即。这，也是一种浪费。

春季看山，是一种浪费时间。

夏对荷花，是一种浪费时间。

秋赏红叶，是一种浪费时间。

到了冬天，在飞飞扬扬的雪中，笼着手，漫步雪野，看天地一白，浑然一色；看一件红风衣，在雪里晃动着，带来无限的温暖，也是一种浪费时间。

这种浪费时间，是多美啊，多么富有诗歌意韵啊。

那么，工作之余，我们为什么不浪费一下时间呢？

怀念散淡

散淡很美，美得如门前菊花，如山顶的红叶，如红叶丛旁一挂缓缓流淌的瀑布。尤其在忙得死去活来的时候，那种思念更是汹涌地漫上心头，让人直想落泪。这时，就有一种美好不再、岁月难回的愁闷。经常，裹挟在来来往往的人群中，为生活、工作奔波的时候，偶然一回首，目光又回到过去的日子，回到小镇的生活。

小镇在记忆里没有模糊，反而日益清晰。此时，小镇四周的山上，一定又抹上了一层脂红，在薄薄的雾里，红得风韵绰约。小镇四周的山并不高，层层叠叠，如女人的秀眉，微微皱起，皱得让人心疼，让人想去抚摸，想去安慰和呵护。

四周的山围起的小盆地里，拢着黑瓦白墙，拢着小巷人家。漫步在小巷中，尤其是秋雨中的小巷，心情也潮潮的，湿漉漉的，但很清闲。雨中有风，轻飘，柔软，如女人脉脉的目光；流淌在人身上，让久久疲惫的行人，直想卧在风中流一通眼泪。树叶一枚又一枚慢慢地飘落，那种悠然的闲意，只有一颗闲散的心才能体会得到。山上的寺庙里，总会传出木鱼声，把秋敲出一圈又一圈波纹，荡漾在空气中，也荡漾在人的心上。那时，我就在这个小镇工作——教书。每一次上完课，改完作业，我就会走出去，一个人默默地揣一怀清闲或寂寞，慢慢地走上山去，或沿着河边漫步。小镇的山上，尤其山的皱褶里，总会藏着一户户人家，走到近前，才突兀眼前。一声鸡鸣，或一缕炊烟，让人感慨良久。屋门前，有时会走出一个女子，细细的腰肢，柔柔的语言，让人好像来到了江南。

小镇就是一个玲珑的江南。一个镇子五条水，白白亮亮的，把水的风韵，水的娇柔，水的柔媚，刻画到了极致。到过小镇的人总是说，小镇的女人是小镇的水淘洗出来的。而我却认为，小镇的水是小镇女人映射出来的。只有这样的水，才有这样的人。也只有这样的人，才配这样的水。这就是小镇让人魂牵梦绕的原因。

能不忆小镇？

文人砚边的那一缕茶香

中国文人和茶，有不解之缘：通过茶事，感悟生活的宁静，感悟心灵的自由；在茶香缭绕中，明心见性，创造一角空灵虚静的心境；与茶友对品，体悟到君子之交的冰清玉洁，明月在怀。

静、虚、清，是茶文化的精髓，是文人注入茶文化的内在的灵魂。

茶艺如诗诗如茶

茶在魏晋时出现，而在唐代，则受到了文人们的青睐。

唐代人泡茶，不是泡，是煎。将茶压成饼，喝时，研末，放在开水中搅拌。此时，煎茶，关键在水温的掌握。诗人白居易十分擅长煎茶，被朋友们称之为"别茶人"。他在诗中说："沫下麹尘香，花浮鱼眼沸。盛来有佳色，咽罢余芳气。"用今天的话说，色香味俱佳。当时人都以喝白氏所煎茶为荣。宦官中尉吐突承璀多次暗示，希望得到白氏煎茶法，白居易偏不给，却把这种方法书写出来，贴在通衢大道。从而白氏煎茶法人人精通。这，可真算煎茶史上的一件韵事：以一介书生对抗当时的权宦，茶也留香，人也留名。

到了宋代，文人饮茶，不只是讲茶质，更讲水质，同时还发明了斗茶和点茶。

王安石喝茶，重水质。苏东坡是蜀地人，一次，王安石特地写信，让苏轼探亲回来时，捎一瓮瞿塘峡的水，泡茶喝。不久，东坡亲自带水来见王安石。王安石很高兴，让人将瓮抬进书房，舀一勺煮沸，投阳羡茶一撮于内，然后问苏轼："此水何处取来？"东坡答："瞿塘峡。"王安石道："是中峡了。"东坡回："正是。"王安石笑道："此乃下峡之水，如何假名中峡？"东坡大惊，只得据实以告。原来东坡因鉴赏秀丽的三峡风光，船至下峡时，才记起所托之事。当时水流湍急，回溯为难，只得汲一瓮下峡水充之。东坡说："三峡相连，一样的水，何以辨之？"王安石道："读书人不可轻举妄动，须是细心察理。这瞿塘水性，出于《水经补注》。上峡水性太急，下峡太缓，唯中峡缓急相伴。此水烹阳羡茶，上峡味浓，下峡味淡，中峡浓淡之间。今茶色半晌方见，故知是下峡。"

斗茶，是宋人发明的一项风雅茶事，又叫"斗茗""茗战"，是有闲文化的一种"雅玩"，即比赛茶的好坏。斗茶时，斗茶人要各自献出所藏名茶，轮流品尝，以决胜负。斗茶内容包括茶叶色相与香度、茶汤香醇度、茶具优劣、煮水火候等：俱臻上乘者为胜。

苏轼绝爱此活动，而且，每斗必胜，其茶有菊花的香味，荷花的清洁，人人叹绝而难胜。好在这位大才子心性直爽，不知藏掖，一语道破天机：原来，他家有个贤内助——王弗，每次在茶饼制成后，必以菊花和荷花熏制。

从此斗茶，苏才子鲜能取胜，大叹不已。

著名女词人李清照和丈夫赵明诚更发明了一种雅趣的夫妻行令斗茶方法，即每次饭后，夫妻烹茶，然后各说一个名句，让对方指出在案头哪本书的哪一页，猜中为赢，即可饮茶；输者则起立，伺候赢者饮茶。李清照记忆力特强，因此，斗茶也往往胜多败少。赵明诚则甘愿为妻子斟茶，当作闺中乐趣。

所谓点茶，则是把茶末调成糊状，用开水搅兑，一边倒水，一边用竹筷搅拌。这点茶的水不可过沸，否则，水中空气全部逸出，破坏水味，影响茶味。这水，被宋人称为"老汤"，泡茶颜色不鲜，茶味不醇。水温也不可过低，过低，宋人称为"嫩汤"，用此水泡茶，茶性不易出，滋味淡薄，汤色不美。

陆游就是点茶高手，而且非常出名，不只是盛传于闾里乡间，更是传到了宫中。据宋人笔记载，在他赴任隆兴府通判前，陛辞时，宋孝宗笑着说："隆兴是个山清水秀的好地方，公务之余，可以喝喝茶，吟吟诗。"

古人饮茶，风趣和雅致，兼而有之。

无论煎茶斗茶点茶，都是玩一种情趣；而喝茶，喝的则是一种心境，是一种悠闲和淡然。坐在阳台上，或是斜倚楼栏，一杯在手，慢慢地品着，一边看着楼外青山，山外白云；看绿水长天，晚霞孤鹜。一颗心也变

得洁白如水，纤尘不染。

唐僧灵一在《与亢居士青山潭饮茶》中吟道："野泉烟火白云间，坐饮香茶爱此山。岩下维舟不忍去，青溪流水暮潺潺。"说的就是饮茶的感受，此中意趣，正是可意会而不可言传。

文人，对茶的这种感受大都相同。

千年之后，著名的小品文作家周作人在《喝茶》中写道："喝茶当于瓦屋纸窗之下，清泉绿茶，用素雅的陶瓷茶具，同二三人共饮，得半日之闲，可抵十年的尘梦。"说尽了饮茶的妙处，在于清闲，在于闲散，在于闲云野鹤仙风道骨。

另一个深得茶中清闲之味的，应算当代作家陆文夫。

陆文夫谈茶论酒文字，有明清小品遗韵，在关于喝茶的文字里，他营造了一个很好的环境：坐在木楼上，要一壶茶，面对着临楼水面上的芦花，还有江上的小船，以及白茫茫的雪花，拥一盆火。那种环境不说饮，坐坐，也让人心旷神怡。

据人笑谈，一日，有文友到苏州，拜访陆文夫，不见人，问，回答是去了茶馆。文友在别人的指引下，沿苏州曲曲弯弯的小巷走去，最后，沿一雕花木门进去，里面闹闹哄哄，一群茶客，中间有一老头子，抱着一个茶壶，一边饮着，一边抠着脚丫子。这老者，就是陆文夫。不过，传闻不足为信，但这种洒脱，也只有潇洒如陆文夫者才适合，其他人，只能算作秀。

在苏州，他还开了间酒楼，名为"老苏州茶酒楼"，起立在十全街上。陆文夫亲撰广告，曰："小店一爿，呒啥花头。无豪华装修，有姑苏风情；无高级桌椅，有文化氛围。"酒楼充满了文化气息，一丈多长的银杏木大招牌，店名出自章太炎先生的关门弟子、书法家杨在侯之手。楹联"一见如故酒当茶，天涯来客茶当酒"呼应茶酒二字，让人喝茶的同时，也品味着一种浓浓的文化韵味。

文人相交一杯茶

晋代一个文人，叫陆纳，有客来访，以茶相待，各人一盏，然后作别，从不备酒宴招待，被当时盛传。一日，谢安拜访，那可是宰相啊。适逢陆纳不在，他的侄子陆俶接待，怕简慢了宰相大人，忙备了丰盛的酒菜招待。事后，陆纳知道了这事，把侄子狠狠打了四十杖，骂道："小子坏我家风。"

陆纳所说的家风，就是以茶养廉。

茶，被文人们看作是养廉励志的标志。文人赠茶，既是互相激励，也能增进感情。有的文人，甚至写信专门向老朋友要茶。

欧阳修是苏轼的老师，是苏轼终身敬仰的对象。老来退休，居住在杭州。一日，苏轼去看望他，送了一包礼物，老夫子很不高兴，也很矛盾，说收吧，误了我一生清白；不收，你老远送来，显得我不近人情。苏轼哈哈一笑，打开，让欧阳修看。欧阳修看罢，掀髯大笑，道："知我心者，子瞻也。"

原来，纸包中，是茶叶。

同样，在苏轼的文札里，也有很多有关送茶和要茶的短笺。有一次，他去信，是问司马光要茶，那是自己的上司。而且，司马光给了，据文中说："色如琥珀，香气氤氲，半日不散。"究不知是何茶叶，让人读之馋涎直流。

至于说有人给皇帝送茶，那就有溜须拍马的嫌疑了，是很为文人们所鄙视的。宋代的丁谓和蔡襄都是著名的文人。丁谓的诗，曾受到欧阳修的称颂；蔡襄，更是当时的大书法家。他们都曾经给皇帝进贡过茶叶。多年后，苏轼被贬到惠州，在《荔枝叹》中仍批评："君不见武夷溪边粟粒芽，前丁后蔡相笼加。争新买宠各出意，今年斗品充官茶。"语言很是直

露，毫不含糊。

茶和文人，相得益彰：茶让文人清闲淡雅，如篱边的菊花，如山野的兰草；文人给茶注入了浓浓的文化气息。这种气息，闻不到，可我们感觉得到，它散布在茶叶中，散布在茶汤中，也散布在我们的文化中。

乡下虫吟

虫吟，算得上是乡下最美的一道暮景了。天日将晚，炊烟四起，农人掮着锄头走在山间小路上。这时，田埂里，土坡上，草窠中，虫鸣唧唧，或粗放，或婉约，或低回婉转，如少女轻喟，文士悲叹，山人长吟，清幽极了。

在这些虫吟中，当然少不了蛐蛐。

蛐蛐，又叫蟋蟀，乡下叫土狗子，古人叫促织。姜夔在《齐天乐》序言中道："蟋蟀，中都呼为促织，善斗。"由于善斗，故而有人闲来无事，就以斗蛩为乐。年长日久，据说也形成了一种文化，叫"蟋蟀文化"。

琴棋草花，树木鸟虫，凡上得画的，都入得诗。蟋蟀更是诗家的爱物，从《诗经》到唐诗宋词，再到元明清的文字里，蛐蛐声一路平平仄仄，浅吟低唱。而关于斗蟋蟀的记载，则起始于宋代。

宋朝的贾似道，是著名的奸臣，更是有名的"蟋蟀宰相"。当时，元朝虎视南方，襄阳被围，南宋小朝廷的残山剩水已如黄昏残照、雨后斜阳，而身为宰相的贾似道却整日躲在葛岭的半山堂，日日斗蟋品虫，以至于连他手下的清客都看不过去了，讥讽道："这难道是军国重事么？"而老贾依然故我，直到把那一片山水葬送到蛐蛐声中方罢。

无独有偶，宋代有个蟋蟀宰相，明代有个蟋蟀皇帝，前后辉映，不相伯仲。

明朝宣宗，嗜好斗蛐蛐，已到痴迷程度，堪称虫痴。他的宫中养着很多能征善战的"将军""元帅"。一次战胜，则为胜者披花游宫，礼遇之隆，简直超过了戍守边关的将士，厚物贱人，不知那些浴血沙场的将士作何感想，大概有身不如虫之叹吧。

为了收集善斗的蛐蛐，宣宗竟然下诏，征集蛐蛐。王世贞在《国朝丛记》中记道："宣德九年七月，敕苏州府况钟：'比者内官安儿、吉祥采取促织，今他所进数少，又细小不堪，已敕他末后自运，要一千个。敕至，你可协同他干办，不要误了，故敕。'"况钟算得当时一个能员，竟让"干办"蟋蟀，且切切叮嘱，也不知他"干办"了没有。以至于当时巷闾间谚语道："促织瞿瞿叫，宣德皇帝要。"上有所好，下必从焉。当时，江南虫价一日一涨，贵至数十金。吕毖《明朝小史》记一故事："枫桥一粮长，以郡督遣，觅得一最良者，用所乘骏马易之。妻谓骏马所易，必有异，窃视之，跃出为鸡啄食，惧，自缢死。夫归，伤其妻，亦自经焉。"由此可见，蒲松龄《促织》一文，并非空穴来风，实有所本。

明朝以降，清朝继之，朝代更替，可斗蟋之风不减，相反，愈演愈烈，遍布市井。八旗子弟，领着一份官饷，整日无所事事，以斗蟋为务，把祖宗那一种金戈铁马之气竟演绎到蛐蛐笼中，也算不坠祖风了。其后的民国，迭遭战乱，斗蟋之风渐衰，趋入末世。

然而，在国逢盛世的今天，斗蟋之风渐又东山再起，更趋高潮，设若贾似道、明宣宗生在今日，也会瞠目结舌，自愧不如了。各地蛐蛐节、蟋蟀赛此起彼伏。据李存葆先生《国虫》一文记载：上海一玩家以黄金为棺，殓葬死去的蟋蟀；另一沪上老板，竟派六辆豪华轿车护送他的"红头金翅"赴杭作战，那种气势，岂是披花游宫所能比？

蟋蟀，终于由乡土走进了都市。

乡下的人，每当在土地上工作累了时，总会躺在太阳底下，听着蛐蛐叫，消遣寂寞。或者一天工作后，坐在豆棚架下，摇着蒲扇，喝着茶，听着蛐蛐的咏唱，仿佛在听邻居谈家常一般，亲切、自然。而现在，若他们一旦知道这些小虫身价如此之高，竟超乎他们的想象，不知他们会作何感想——或者什么也没想吧，他们忙呢。

小村的年节

一

小年，在腊月二十四。

我们那儿有一个风俗，小年之夜，老鼠嫁女。这天晚上，据说，老鼠会把自己的女儿打扮一新，吹吹打打，一顶花轿，送往婆家。

第一次听到这个故事，我还小，大吃一惊，老鼠的女儿还有谁要？于是问："给谁啊？"

母亲一笑说："给猫啊。"

我更是吓了一跳，猫和老鼠可是死对头，现在竟然成了亲家，老鼠还亲自送女儿去，不怕让老猫给一口叼了去。母亲说我是"打破砂锅问到底，硬要问砂锅能煮多少米"。其实，她也说不清，因为她也是从外婆那儿听来的。外婆呢，估计是从外婆的母亲那儿听来的。而且，母亲还说，半夜里把耳朵贴到磨眼上去听，能听到唢呐声，还有鞭炮声，还有"吱呀吱呀"的花轿声，那就是老鼠嫁女了。

老鼠嫁女，为什么得在磨眼旁听？为什么半夜去？这些，母亲也说不清。

我一直打算去听听。可是，从小到大，每一次腊月二十四晚上一觉醒来，都已经天亮了，老鼠女儿已入了洞房，我也因此一直没有听到磨眼中的老鼠嫁女声。长大后，知道这是个故事，一笑了之。再仔细想想，就笑自己傻。于是，这个传了一代代的故事，也就怕得不会传下去了。

因此，儿子从来不知老鼠嫁女一事。

时下的小孩，怕连听也没听说过这个故事了。

现在，我们有电视，有电脑，都忙着看这些去了，很多美丽传说都和我们挥手作别，其中也包括老鼠嫁女。更何况现在也没有石磨了，磨眼更无处可寻了。到时一讲，孩子们要寻找磨眼听老鼠嫁女声，不是纯粹自己给自己找麻烦嘛。

一些风俗就这样渐渐流失，但也有一些慢慢留下来。

譬如在故乡，腊月二十四前，得把过年吃的东西置办好，苞米花得炒了，黄豆也得炒了。家乡过去不是用机器炒，是用锅炒的，在苞谷里搅上细沙，朝锅里一倒，烧起火炒起来。苞谷里混沙，是避免苞米花炒煳。每次只能炒一碗，一碗玉米倒进热沙里，"咯咯叭叭"放鞭炮一样，苞米花乱炸乱跳一片雪白。我们围着灶台叫着跳着，飞出的苞米花，一把抢来塞进嘴里，又烫又香。

然后，炒黄豆，方法一样，但黄豆得提前用水泡一下，鼓胀一些，这样才能炸开腰，咬在嘴里"咯嘣咯嘣"的才有味。

还有油条，还有麻叶。

麻叶是一种三角形面片状的，放进油锅里一滚即出，时间不能长，长了就老色了。然后用笊篱捞出来，放在那儿，金黄亮色的，泛着油汪汪的香味。

这些东西，老鼠爱吃，不过，小年之前它们不敢偷嘴，有猫看着。小年之后就不一样啰，用母亲的话说，猫鼠成了亲家，老猫睁一只眼闭一只

眼。那时，听了这话，我暗暗不满于老猫的徇私舞弊，揪了它的胡子，老猫喵呜一声叫，很委屈地跑了。

那些吃食放在哪儿，我们是清楚的，玩累了就跑回来，悄悄装上一些，分给同伴吃。

可惜，这些吃食现在也没人做了，炸苞米花，有机器来，其他东西哪有卖的饼干瓜子好。因此，腊月二十四，终于冷清下来。

在童年的记忆中，一到腊月二十四早晨，太阳还没照亮窗户，我们就一早爬起来，不用母亲喊叫，也不睡懒觉了，穿了衣服，到院子里，一群小孩叽叽喳喳叫着，有的说，我妈还准备炸米花呢。也有的显摆，我家还准备炸油条哩。显摆完，大家又纷纷向家里跑，如果家里缺哪一样，一定哭闹着不行，必得也炸上一点，才带着泪水又笑起来。这时，母亲总会说："猫脸，一会儿哭一会儿笑的。"

母亲说时，也是一脸笑笑的。

到了半上午，"咯咯叭叭"炒苞米花儿的声音，就东一家西一家响起。年味，也就从空中，从这响声中，从孩子们的叫声中，一寸一寸走近，走入小村中，走入千家万户中。

有时想想，小年不是老鼠嫁女，是村人在嫁接一种幸福，一种新年的喜庆，一种年味。这些，对现在的孩子们来说，已渐行渐远遥不可及了。

有时想想，真替现在的孩子们可惜！

二

扫阳尘，是过年前的一种仪式，大多在腊月二十六左右。为什么在腊月二十六呢？在老家也是有原因的。

老家人在小年这一天，会炸油条炸麻叶，同时，会炒苞米花黄豆的。炒这些，得用沙，也有的用柴灰，柴灰炒的香，筛净后不会掺沙子，不硌牙。可是用灰炒，也有不好的地方，灰会到处飞，房子家具都蒙上一层。

所以，扫阳尘时，扫早了，腊月二十四炒完吃的东西，还得再扫一遍，因此不如推迟一点，两次当作一次扫。

扫阳尘方法很简单，一早起来，早饭吃过，然后用一根长竹竿，上面绑上一把扫帚，没扫帚的绑一把草也行。然后戴了草帽，还有眼镜，免得落下灰尘脏了头发迷了眼睛。把房前屋后，檐前檐上，齐齐刷了，包括墙角的蛛网，还有烟囱的烟灰，以及煮饭的油污。有时扫着扫着，保不准会捅了一个老鼠窝，"嗖"的一声，一只老鼠跑出来；又"嗖嗖"几声，几只小老鼠跟着一块儿逃出来。这时，老猫不再卧在太阳下打鼾了，"呼"的一声追了过去，一个上午都不见了影儿，到了吃饭时，"咪呜咪呜"叫着，垂头丧气地到了面前。一看，就是一副失败的落魄样。

在老鼠面前，猫永远是强大的，可又永远不得意，不然，老鼠早就完了。

扫阳尘时，有细致的人还会捅烟囱。我家烟囱，由于怕失火，弄得曲里拐弯的，安全倒安全了，可烟囱阻塞，难以冒烟，常常一塞柴，黑烟席卷而下，妻子咳咳连声。扫阳尘时，无论如何也扫不成。我灵机一动，找来一根放水的皮管，顺烟囱放下去，随弯就弯，打通烟囱，烟灰竟有一土筐子。妻子对我的智商敬佩不已，说自己怎么就没想到呢。

阳尘扫好，才是一半。

接下来，得趁势抹桌子，洗茶盏茶杯，酒壶酒盅：前者，是天天要用的，得泡茶喝茶；后者，是过年要用的，马虎不得。

过去，乡下窗户不是玻璃的，是纸糊的，一年一换，也是在这时：过年时没时间，那时要贴对联挂灯笼，还要在猪圈贴"槽头兴旺"的横额，在树上贴"对我生财"的祝福语——忙得很呐。

窗纸一般用细白纸，白格生生地贴在窗框上，白面糨糊轻轻一刷，严丝合缝。外面风呼呼地刮着，很冷很冷，里面却小阳春一样暖和。再拢一

盆火，拿一本书坐着看，一片洁白，如下雪了一样。真如下雪了一样哩！有时睡到半夜，突然醒了，房内白亮亮的，有种"已讶衾枕冷，复见窗户明"的感觉。心想，下雪了吗？可没听见折竹声啊。忽然想起，是贴了新窗纸，一颗心又落实了，静静地睡了。

扫过阳尘的房是净的，窗是净的，东西也是净的。住在里面，心也是净的。不久之后年就到了，年也是净的，一尘不染的净。

三

一年最后一天夜晚即除夕，这晚要守岁。唐诗人说，"故岁今宵尽，新年明旦来"，有种辞旧迎新的意思。

可是，小村守岁，又不仅仅是这样。

小村的守岁，有一种对过去的怀恋，有一种不舍。

一年眼看过去，让人难以割舍。这一年来，春花秋月，夏蝉冬雪，一天天就这么走过来了，大家走得很艰辛，也走得很劳累。有的人出门在外，四处漂泊；有的人独守家园，守着一份寂寞，一份等待。过去的三百六十五天里，固然有痛苦，有忧伤，有思念，有泪；可也有喜悦，有兴奋，有快乐，有笑。无论喜悦忧伤，无论幸福痛苦，家里外面的人都平平安安走过来了，真的感谢生活，感念这一个个美好的日子。

现在，它们要走了，再也不会回来了。

大家坐在那儿，送着它们离开，就如送自己远行的亲人，心中总有一丝依恋。

小村守岁，还守着一份热闹，一份乡邻间的亲近。

团年饭吃过，团年酒喝过，大红灯笼点了起来。房子，还有场院，甚至天空，都映衬着一种淡淡的祥和的光。这时，一家家扫了地，泡了茶，装了瓜子，坐等在那儿。屋子里灯光亮亮的，门大开着，有种"守岁多燃烛，通宵莫掩扉"的古韵。

这时，是没有远客上门的。上门来坐的，都是左邻右舍，是不久前远去归来的乡邻。

在外面待得太久了，回来时，又赶上腊月，大家都忙着置办东西，忙着擦玻璃，洗杯盘；忙着买对联，购年货：都没有空闲。现在，终于到了除夕晚上，都闲了下来，最是聊天的好时候。村子人很少同姓，但大家辈分排得明明白白，坐下后，一杯茶，一盘瓜子，嗑着谈着，谈着外面的事情，谈着自己的遭遇。谈到得意处，大家都笑；谈到失意处，都是一声长叹道："哎，总算过来了，以后就是阳关大道。"一席话，一炉火，就是一片春天。

小村，也因此格外温暖，格外让远行人牵肠挂肚。无论远隔千里万里，无论车船多么劳顿，在外的村人，到了腊月二十四前，都一定要赶回来，过上一个年，正月初六再出去：这样，一年在外，就有个盼头，心里一想起远方，就有种热火劲儿。

当然，守岁，更有一种对未来日子的等待。

一般，大家无论如何要坐到十二点后，钟声一响，就算等到了新的一年。这时，远远近近响起鞭炮声，有的甚至放起了烟花，一时，小村的夜里烟花如雨，一片晶亮。这，在小村叫迎岁。

迎岁后，新的一年正儿八经走入了小村。

小孩，此时才可以出去玩耍。

小时，每到此时，我们高兴极了，成群结伴跑出去，一人手提一盏小灯笼，里面是一支蜡烛，满村子里跑着叫着，一会儿上一会儿下。母亲见了忙说："慢着慢着，小心灯笼烧着了。"我不信，蜡钉在里面呢。我将小灯笼用棍子挑着，划着圈子，划了一个又一个，一不小心果然烧着了，哇哇哭着跑回家。

第二天晚上，那个灯笼只有委屈地挂在墙上。

一晃几十年过去，那个灯笼早已没了影了，而我的童年仍在小村守岁的记忆里叽叽喳喳地叫着，就是不肯走出来。

故乡一轮月

一

故乡的月很美，因为，这儿有树木，有笑声，有院子里到处跑着叽叽喳喳叫着的孩子。这些，都是月的背景，是月的陪衬，都让月变得更加温馨，更加迷人。

每一次回望故乡，回望故乡的那轮月，我的记忆都会回到童年，回到童谣里的时光。

那时，我很小，拉着娘的手指，靠在娘的腿边。院子里，虫声啾啾，如一滴滴亮亮的水珠，一闪一闪的。娘教我儿歌，那支永远的儿歌："月亮走，我也走，我给月亮来引路，一直引到娘门口……"

教着教着，娘突然一抬头，指着天上道："月亮被引到这儿来了。"

真的，我抬起头，那轮月亮正紧紧地跟着我们，一直跟在我和娘的头顶上，亮汪汪地照着，照在童年的歌谣里。多少年了，娘老了，童谣也老了，只有月亮依然那么年轻，一到中秋，圆圆一轮，依然那么清亮亮地贴在天上。

这，就是山村的那轮月亮吗？

这，就是我童谣中的那轮月亮吗？

如果是的，那它一定就是那轮曾经跟随着我和娘的月亮。

山村的月夜啊，永远那么静，静得如一个琉璃世界，没有一丝尘埃，没有一点儿渣滓。月亮是从东山顶上爬上来的，它爬得很慢很慢，一直爬过三爷家的榆树，爬过二叔家的那棵大椿树，爬到我家院子的一角，圆圆一轮，照在地上。

这时，月就像娘，拉着我的童年走过田野的娘，它慈眉善目地望着我。

我笑，它望着我。

我哭，它也望着我。有时，眼睫毛上挂一颗泪珠，它就会跑到我的泪珠上来。这时，娘不哄我了，突然惊奇地说："呀，这儿挂着一个月亮。"

我不哭了，问娘："哪儿啊？哪儿啊？"

娘在我眼前伸手一抓，朝空中一扔道："飞了，飞到天上去了！"

我按娘手指的方向去看，果然，那轮月飞了，飞到我头顶枝梢上的那角天空去了，白光光的。我望着月亮，眼睛一眨一眨的。月亮也对着我一眨一眨的。我把头摇过来，月亮摇过来；我把头摇过去，月亮也跟着摇过去。我转身就跑，月亮也跟着跑：月亮是个跟屁虫，跟着我，就像我跟着娘一样。

小时，跟我跟得最紧的就是娘，还有一轮山村月。

二

我当然爱玩打仗了。

那时，夜晚的院子亮得像娘用抹布擦拭过一样，干干净净的。在坡上薅草的挖地的大人都回来了，坐在院子里纳凉，摇着蒲扇，零零星星细细碎碎地说着话。

远处的坡脚下是一片秧田，月光泼洒下来，在秧苗上，在水田上反着光，一闪一闪的，老远看过去，真是一面镜子。

后来，漂泊到城市里，我再也没有见过这样明亮的镜子了。

水田里传来青蛙的叫声，呱呱的，很脆亮。我们一群孩子在月光下互相追打着，叽叽喳喳地叫着，月亮也被激荡出一波波的水纹。一会儿，我们跑进一团团树影中；一会儿，我们又跑到有月光的地方。

我们很高兴，有时也会闹起矛盾。

一次，我和邻家小成玩恼了，我不许他院子的树影爬过我的墙头。他眨眨眼，指着我家的南瓜藤，说你家南瓜藤呢，爬到我的树上了，收回去。

我收不回去，他也砍不了树。一时，我们不分胜负。

只有月光下的南瓜藤在清新地绿着，爬了一墙；只有树影在一团团地黑着，沁在地上，影影绰绰的。一会儿，不知怎么的我们又和好了，打闹起来。娘笑着说："一对狗脸，一会儿笑一会儿哭的。"娘在月亮下的黑影中没笑出声，可是我知道，娘真的笑了。

三

山村的那轮月啊，尤其到了中秋，格外亮，也格外润。

娘说，那是雨水润了的，很干净。

真的，在山村里，一到七、八月间，雨水就特别多，就扯着布帘儿似的下，遮住天遮住地遮住人家的屋子。我们急了，我们不喜欢雨，喜欢月亮。于是，我们就把锄头啊还有秤砣啊什么的都扔到雨地里。娘说，那叫压雨。这样一压，老天爷知道娃娃们厌雨，就不下了，月亮也就出来了。

有一次雨下得时间长，我实在憋急了，把菜刀拿着也扔到雨地中。娘急了，说，瓜娃哎，那是菜刀哎。

雨，最终还是停了。

夜刚刚到来，月就出来了，而且，随着时间变换，月一天天地圆了，变得丰盈起来明亮起来。院子里，我们的笑声也就繁星一样密密麻麻起来。

中秋的夜，也就一眨眼就到了。娘从屋里走出来，总会让我闭上眼。我就很听话地闭上眼，娘把一块月饼拿着喂到我嘴中，让我咬一口，问："好吃不？"我说好吃。娘一笑说："好吃。"好吃，在我们那儿是馋嘴的意思。

娘拍拍我的头，把剩下的月饼给我。

我说："娘，你也吃吧！"我把月饼放在娘嘴边，娘做出狠狠咬一口的样子说："好了好了，好吃着哩。"

我于是就拿着月饼，高高兴兴地跑到院子里。

院子中，瓜豆已老，葡萄一天天黑了，一片片叶子在月下摆动着，仿佛在抚摸着月亮，就像娘，伸着手在抚摸着我的童年。

月亮上有桂花树，是娘说的。娘说，看见没有，桂花树？我起抬头，真的有啊，模模糊糊的好一大片，像王叔家的竹林。娘说，月亮里还有一个女孩，长得好漂亮好漂亮，看见没有？我眨着眼望，可怎么也看不清。

我问娘："她不睡觉吗？"

娘说，睡，晚上醒着，天亮了她才睡。

我想，她真怪，咋和我不一样，我可是晚上睡的。这样想着，我就打个哈欠，眼睛就慢慢迷糊起来，在娘怀中朦朦胧胧地睡了。月亮下，对面山上隐隐约约传来一声声鸟叫，还有娘轻轻地嘀咕："叫啥叫，莫惊了我娃。"然后，娘轻轻抱着我进了屋子，轻轻把我放在床上。

在梦里，我经常看到一轮月亮，亮亮的，还有一个女孩在月亮里唱歌。半夜我醒了，要撒尿，仍然看到那轮月亮照在窗外，照着好大的山啊，一片白亮亮的。

四

我那时很小很小，小得无论如何也不会想到，有一天童谣会远去，娘会老。我更没有想到，我有一天会长大，长大到一步步离开故乡，离开

娘，离开娘的那轮山村的月亮。

我一步步走远，走过山湾，走过小河上的石桥，走出大山，走进城。

只有娘守在乡下，守着那轮月亮，守着一段不老的童谣，也守着一段寂寞的逐渐老去的时光。

又是中秋了，一轮月又慢慢圆了。

站在异乡的高楼上，我的记忆又一次回到童年，回到故乡的月下。我又一次依在娘的怀中，随着娘唱着那支不老的童谣："月亮走，我也走……"

一炉火，一盏灯

"围炉读书，灯光可亲"，这是汪曾祺的话。汪曾祺的小品文，善写闲逸生活，长描恬淡心情。文字以淡笔行来，毫不着色，浅浅两句，营造出一种生活的舒适，一种心情的闲淡，让人读了，心向往之。

一个火炉，一盏灯，还有一本书，这是一种山水田园生活，是一种最写意的读书法，是陶渊明所羡慕的，可是，他又无法做到。陶氏读书，也仅仅是南山锄豆，或采菊归来，坐在茅檐下读一册《山海经》，吟上两句诗，何曾享受过这八个字所描摹的清福？

这样的环境，在我所住的小城也很难找到。平日里，人事纠缠，名利得失，让人如陀螺一般，几乎一刻不停。有时拿本书，手机一响，读了一半，扔下书本，匆匆离开。这样，既唐突了自己的心情，也唐突了书。

这样的地方，只有山里还能找见。

每年寒假，任务一完，假期一到，我就归置行李，再带着几本书，匆匆坐车离开小城，回家。我的家在一个小小的山沟里，窄长的河道旁，住着几十户人家，一条车路顺着人家门前延伸，一直延伸到白云深处去了。在这儿，没有钟声相催，没有工作相逼。每天睡个懒觉，九点起来，是最正常不过的了。起床之后，牙一刷，饭一吃，拿一本书，拢一盆火，就慢慢读起来。

假期读书，别读太专业的书，这样有一种沉重感；也别读很深奥的文章，绞尽脑汁，实在划不来。

此时读书，应是小品文，我认为，最好应是汪曾祺的小品文。

有人说，汪曾祺是中国文化的最后一个士大夫；也有人说，他是美文家。其实，他本身就是一个美学家。因为，他的心里装着美，笔头也浸染着美。

汪曾祺的文字，随手写来，都是妙文。在这儿，有高邮一角山水，有桥，有小巷，有挑着担子沿途叫卖的小贩，有敲着碟儿唱着小曲的女子。这儿有高邮的珠子灯，散发着如水的光；有晚饭花开得一片蓬勃，围绕着粉墙的墙根；有一种叫青桩子的鸟，扑棱棱扇着翅膀，一直飞向芦苇丛中去了。

这儿的人，有赶鸭子的，有贩马的，有挑夫——其中还有女挑夫，肩头补着一块新补丁，她们排成一行，一起行走，一起喊着号子。她们挑着洁白的藕，青翠的竹，她们头发上插着柳绒球，十分柔媚，也十分坚强。

总之，这是一群很美的人。

汪曾祺用诗一样的语言把她们写出来，养眼，也养心。

汪曾祺爱吃，讲究吃，更善于写吃的。他的笔下，各种小菜，花样百出，色味俱全，如杭州的一道菜，名叫响铃，他写做法："豆腐皮，瘦肉剁成细馅，加葱花细姜末，入盐，把肉馅包在豆腐皮内，成一卷，用刀剁成寸许长的小段，下油锅炸得馅熟皮酥，即可捞出。油温不可太高，太高豆皮易煳。这菜嚼起来发脆响，形略似铃，故名响铃。"再如昆明火腿，

他道："昆明人爱吃肘棒的部位，横切成圆片，外裹一层薄皮，里面一圈肥肉，当中是瘦肉，叫作金钱片腿。"这些文字，让人读了大吞口水。

读这样的文字，就应当一个人静静地坐着，静静地读。他的每一个字就如一粒露珠，润泽着一颗心，心也变得一片空净，一片净白。

此时，身前一炉火，如果是晚上，桌旁一盏灯，余外真成多余的了。否则，会打破这种温馨，宁静。

读书，尤其冬天夜晚，一炉火一盏灯，外带一片宁静，这就足够了。

静坐如莲

静坐室内时，一身薄衫，自己如一朵莲。室内四周空气轻盈如水，波光动荡，映着粉墙，映着桌椅，显得格外干净，格外洁白，简直是纤尘不染。

室内寂静，静得连蜜蜂扇翅的声音也清晰在耳。

帘外，更是一片寂静。

寂静中，有鸟儿飞来，"呼"地收拢翅膀，轻轻落在窗外枝头，枝头晃动着，鸟儿也踩着高跷一样，一弹一弹的。这是一种很小很小的鸟，半个拳头大，周身白色，尾羽黑亮，一双滚珠一样的眼，偏着头，细细端详着房子里静坐的我，呷着黄黄的嘴儿，叽叽叫了几声，一定在问，这家伙，在搞什么名堂？

帘外，风儿吹来，薄得如箫音一样缠绵醉人，如丝绸一样柔滑温润。轻轻的风中，也有花的影儿在摇曳，是一串牵牛花。

牵牛花是春末种的，春天之后，就冒出嫩芽，抽出长嫩的藤子，从花盆上伸出，沿着一条绳子，身姿婀娜地爬上去，好像边沿杂耍一般，显示着自己高空飞人的能耐。现在，它变出新的戏法，聚集全身心的能量，抽出几片叶儿几朵花儿。这些花儿叶儿，都是一副没见过大世面的样子，探头探脑，伸到帘内。

甚至，它们还摆着一副很惊奇的样子。

叶子可能在想，怎么的，这家伙摆的这是什么姿势，怪唬人的？

花儿也在仔细研究着，有的侧着头，有的伸着脖子，有一朵终于忍不住了，"噗"地一笑，开了。顿时，所有的叶儿花儿都乐了，傻乎乎地摇晃着，全然没了刚才的庄重。

风吹着，帘子晃动，花儿晃动，带动着室内阳光，也如一波一波春水，轻轻地荡漾着，流动着，一地湿润。整个室内，一切都在阳光下，仿佛透明的了。就连我，也一身空明，产生一种飘飘欲仙的感觉。

鸟儿羽毛波动，是风在抚摸。

花儿羞答答左右躲闪，是风儿在轻吻。

叶子，则和风躲着迷藏，还"唰唰"地轻笑。

风吹进来，吹进室内，拂着我的脸儿，抚摸着我的身子，呵着我的脖颈，百般的调皮，如一个热恋的人。此时，静坐风中的小房里，我一动不动，也变成了一朵花，一朵五月的荷花。

心房中，自然而然有一股清香，弥漫一室。

后 记

于人而言，万物有恩，珠露依然。

露最多时，是春晨，是夏夜，是秋夕。

春日，尤其是早春，在乡间，一早起来，太阳从东山顶上斜铺下来，如同清新的流水。这时，旷野中，地面上，一片水汽氤氲，缭缭绕绕，不停地变换着，弥漫着，如一层若有若无的梦，如一层薄薄的纱布。

此时的草，还是嫩嫩的芽儿，是草针，用唐诗的话来说，遥看一片，走近却无。可是，珠露却是看得到的。远远地，阳光射下来，一丝一丝的彩线，在晨曦中闪动着，有的甚至还有些刺眼。但是，很美。细看，每一棵草上，都挑着一颗露珠——确实是挑着，就挂在草尖上，很小很小的珠子。

草很嫩，很纤弱，看不太清，可每一粒露珠都是草儿的招牌，是草儿生命的呐喊。这一粒粒露珠沾在草尖上，仿佛也润进人的心中。心，也像挑了一颗露珠，萌生一片青嫩的春色，一片勃勃的生机。

春天的美，就是从露珠润心的那一刻起，悄悄漫上心头的。

夏夜的露，可能会大一点，可能更清亮一点儿，明洁一点儿。如果说，春露如细米之珠，那么夏夜之露，犹如碎钻，滴答滴答，一片清明。

乡村的夜是寂静的，是温馨的，到了夏夜，一个人悄悄地走着，虫鸣声一声一声，这儿响起，那儿响起，有的悠长，有的短促，仿佛划过丝丝光线一般。

在竹林边，悄然站立，这时，就有珠露之声从竹叶间滑落，又碰在另一片竹叶上，噗一声，又噗一声，珠玉盈耳，珠圆玉润。孟浩然说，"竹露滴清响"，是深得其味的。这声音，在都市听不见，在扰攘中听不见，在喧哗中也听不见。当然，一颗烦乱的心，更是听不见。

有珠露之声，心，不会为物欲所困。

秋之夕，秋虫声则和夜露声无啥区别了。唐诗道："冷露无声湿桂花。"秋天的露，怎能无声呢？一个人独坐在桂花树下，花香盈身，盈袖，盈心；秋虫声盈耳，在草丛中叫，在花树下叫，在台阶下叫。

露珠，无声地打湿了秋草，也润湿了虫鸣。这时的虫鸣，潮潮的，润润的，和露珠已没什么区别了。人，一时分不出哪是虫鸣声，哪是珠露之声。

虫鸣如露，多贴切的比喻。

能感悟这个比喻的心，也一定有一片虫鸣，有一片珠露吧。

珠露，润泽了一颗心；珠露，同样润泽了一个人。在尘世中，有珠露在心，就能走入万物，就能感恩万物。这样，灵魂就有一盏指路的灯，有一条回归良心的路。

倾听珠露之声，倾听良心的鸣唱。